徳間文庫

近鉄特急
伊勢志摩ライナーの罠

西村京太郎

徳間書店

目次

第一章　還暦の旅　5
第二章　失踪(しっそう)　47
第三章　小さな秘密　92
第四章　円空(えんくう)に賭(か)ける　130
第五章　脱出・救助　170
第六章　京都別宅　211
第七章　逆転　253
解説　縄田一男　292

第一章　還暦の旅

1

月刊誌「マイライフ」は、来るべき老人社会を見据えて、一昨年創刊された雑誌である。

編集長の有田は、創刊してすぐ、この雑誌らしい特集を、組むことを考えた。それは、還暦、六十歳を迎える、一組の平凡な夫婦を主人公にして、その夫婦を一年間にわたって、追いかけていくというものだった。

今後還暦を迎える夫婦は、おそらく、来るべき老人社会では、その中核となる人間に違いない。

有田は、その夫婦を選ぶために、いくつかの条件を考えた。

第一は、夫も妻も、平凡な人生を、送ってきたことである。

有田は、平均的な六十歳ということにこだわった。

驚くような、資産家でもないし、かといって貧しくもない。良くも悪くも、特別な経験は、していない。もちろん、犯罪歴もない。一男一女に恵まれたが、子供たちは、二人ともすでに結婚し、現在は、還暦を迎える夫婦二人だけで、生活している。

一部上場の会社に、勤めていたが、夫は、役職定年で課長を退（ひ）き、子会社に移り、六十歳で部長待遇といったところにいる。最近の六十歳だから、還暦を迎えても、依然として、働き続けたいと望んでいる。

有田は、モデルになる夫婦を、募集することにした。

一年かけて募集した後、夫婦の経歴などを調べ、昨年の十二月に、やっと、一組の夫婦を見つけ出した。

夫の名前は、鈴木明（すずきあきら）。名前もいたって平凡である。今年の一月十六日に還暦を迎えた。

妻の京子とは、職場結婚で、彼女も一カ月遅れの六十歳である。

鈴木明が、現在、働いているAK実業は、今流行りのレンタルを、業務とする会社で、老人社会を迎えるにあたって、今までの、六十歳定年を七十歳まで引き上げることに、決めたばかりである。

もちろん、鈴木明は、会社の方針に大賛成で、あと十年、七十歳まで、働く気である。

鈴木夫妻は、長男の徹、三十歳と、長女のさくら、二十六歳という一男一女に、恵まれた。

長男の徹は、五年前に結婚し、一男一女の、父親になっている。

長女のさくらのほうは、昨年結婚したばかりである。

もう一つ、有田が、鈴木夫妻を選んだ理由は、日本人の六十歳が、持っているだろう悩みを、鈴木夫妻も、同じように、持っていることだった。

例えば、夫の鈴木明は、身長百七十三センチだが、体重は、七十七キロ。あと三キロで八十キロになってしまう。今、最大の望みは、何とかして、七十キロまで体重を落とすということである。

特別な持病があるわけではなかったが、年に一回、会社が行なう、健康診断の時に、医師から、もう少し、痩せたほうがいいですね、食事にも気をつけて、なるべく運動することを、心がけてくださいと、いつも、必ずいわれてしまう。すべての検査の数値が、ここに来て少しずつ、高くなってきているからだった。中性脂肪もコレステロール値も、ほんの少しだが、平均より高い数字になってしまっていた。と、いって、入院の必要もない。

妻の京子のほうは、還暦を迎えてから、気のせいか、顔に、シワが増えたような気がして、それが、今の最大の悩みである。何とか、若さを保ちたいと、毎週一回、エステに通い、青汁を飲んだりしている。

現在、夫婦が住んでいるのは、中央線の三鷹駅から、歩いて十分ほどのところにある、敷地五十坪、建坪二十坪の、二階建ての木造家屋である。

三十歳の時に、ローンを組んで建てたもので、三十年経った今、そのローンは、すでに払い終わっているが、ここに来て、改装する必要を感じていた。今から、老後に備えて、バリアフリーにしておくのがいいと、京子が、いい出したのである。

夫婦の趣味は、旅行である。今の夫婦の悩みの一つは、家の改装に金を使うか、それとも、旅行を楽しむかの選択だった。

そんなところも、編集長の有田が、この鈴木夫妻をモデルに選んだ理由だった。

2

三月一日、鈴木夫妻は、夫婦水入らずの二人だけで、今年初めての旅行に行くことになった。週休二日制なので、今回は、土日と、月曜日と火曜日に休暇を取って、三泊四日の旅行である。

若い頃は、ハワイや中国など、海外旅行が多かったが、最近は、国内を旅行して、自分の国を、見直すことにしたいと思うようになっていた。そうした、鈴木夫妻の考え方も、有田には嬉しかった。

これからの、老人社会では、海外旅行よりも、自分の国、日本を、見直すような旅行が、多くなるだろうと、有田は、考えていたからである。

自分の国を、見直すための、旅行をしたいといっていた鈴木夫妻が、今年の最初の旅に選んだのは、お伊勢(いせ)参りだった。

有田が、

「どうして、お伊勢参りを、したいと思ったんですか？」

と、きくと、鈴木は、

「日本人の旅行の原点というと、どうしたって、お伊勢参りということに、なるんじゃありませんか？　江戸時代の日本人は、一生に一度は、お伊勢参りをしたいと願っていたそうです。当時、伊勢のほうには、今の旅行会社のコンダクターのような仕事をする御師(おんし)と呼ばれる人がいて、旅行計画を立てたり、伊勢の案内をしたといわれていますし、どうしてもお金のない人は、柄杓(ひしゃく)を腰に差して、出かけていった。お金が、必要になると、腰に差した柄杓を差し出すと、町の皆さんが、必要なお金を、恵(めぐ)んでくれた。そんな絵が、江戸時代の、版画に出ているのを、見たことがあるんですよ。つまり、お伊勢参りが、日本人の旅行の原点じゃないですか？」

と、熱っぽく、語った。

「そのお伊勢参りを、私たちに、取材させてください。もちろん、邪魔になるようなことは、しませんよ」

と、有田は、いった。

有田は、鈴木夫妻が立てた旅行計画を、教えてもらい、その計画に沿って「マイライフ」から、男女二人の編集者を、同行させることにした。

もちろん、約束通り、鈴木夫妻の、邪魔はしない。遠くから、写真を撮り、旅行から帰った後で、鈴木夫妻に、今回のお伊勢参りの話を、聞くことに決めた。

編集長の有田は、二人の編集者、楠本弘志、三十五歳と、味岡みゆき、二十五歳に、今回の鈴木夫妻の旅行に、同行することを命じた。

鈴木夫妻の取材は、今年の、元旦から、始めている。

二人が初詣に行ったのは、明治神宮だった。

夫婦は、どちらも曹洞宗である。初詣は、神社で、墓は仏教というのも、平均的な日本人といえるだろう。

二月には、息子夫婦と孫と一緒に、妻の京子の実家である、山形に一週間、スキーに行っている。

初詣にもスキーにも、有田は、楠本弘志と、味岡みゆきを、行かせて、鈴木夫妻を中心に、写真を撮っていた。お伊勢参りである。

そして、三月一日は、鈴木夫妻が教えてくれたスケジュールによれば、三月一日、東京駅午前八時二十分発の「のぞみ一〇九号」で、名古屋まで行く。名古屋からは、近鉄特急の、賢島行きの「伊勢志摩ライナー」に、乗ることになっていた。

「伊勢志摩ライナー」は、名古屋、京都、大阪から出ている。

名古屋発午前十時二十五分のこの「伊勢志摩ライナー」は、土休日のみの運転で、一日目は、宇治山田で降りて、伊勢神宮に、参拝する予定になっていた。

出発前日、有田は、同行する二人の編集者に、取材についての、注意を与えていた。

「明日、鈴木夫妻は、『のぞみ一〇九号』のグリーン車に乗る。君たちは、一人がグリーン車、もう一人は、指定席車に乗れ」

「二人とも、グリーン車に乗るというわけには、いかないんですか？」

楠本が、口をとがらせた。

「ウチの雑誌は、まだ創刊して間がないから、経費を、なるべく抑える必要があるんだ。我慢してくれよ」

と、有田は、笑ってから、

「いいか、鈴木夫妻の写真を撮ってもらいたいが、できるだけ、気づかれずに撮ってもらいたいんだ。いかにも、取材旅行という写真じゃ困るんだよ。還暦を迎えた鈴木夫妻が、日本の旅行の原点である、お伊勢参りを楽しんでいる。そんな、写真を撮ってもらいたいんだ」

楠本弘志と味岡みゆきも、同じ「のぞみ一〇九号」の切符を手配した。

三月一日、楠本と、味岡みゆきは、東京駅で、午前八時に、落ち合った。今日は、暖かく快晴で、絶好の旅行日和(びより)である。

「のぞみ一〇九号」は、十七番線から出発する。八時十五分になって、二人は、ホームに上がっていった。

十七番線ホームには、すでに、「のぞみ一〇九号」が入線していた。「のぞみ一〇九号」は、十六両編成で、グリーン車は、八号車、九号車、十号車の三両である。

鈴木夫妻は、その九号車の、切符を買っている。

そこで、味岡みゆきは、同じ、九号車の切符を、楠本のほうは、十一号車指定の切符を手配した。

三月に入って、暖かくなり、快晴なせいか、ホームには、たくさんの、旅行客の姿があった。

二人の編集者は、小さな、デジカメを用意していた。最初に、鈴木夫妻が、ホームに上がってきて、九号車に、乗り込むところを写したかった。もちろん、編集長の有田には、二人に気づかれないように、写真を撮れといわれているので、九号車から少し離れたところから、鈴木夫妻が、ホームに上がってくるのを待つことにした。

3

「のぞみ一〇九号」の発車は、午前八時二十分である。しかし、その時刻が近づいてきても、鈴木夫妻の姿は、なかなか、見つからなかった。

時間になったので、二人の編集者は、仕方なく列車に乗り込んだ。

みゆきは、九号車グリーンの2Aの座席に腰を下ろした。

鈴木夫妻が買った切符は、同じ九号車グリーンの10CとDのはずだった。

みゆきは、時々、その座席に、目をやったが、なぜか、鈴木夫妻は、現われない。

そのうちに、新大阪行きの「のぞみ一〇九号」は、出発時刻になり、ホームを離れてしまった。

（ひょっとすると、次の品川（しながわ）駅で、乗り込んでくるかもしれない）

と、みゆきは思ったが、品川駅に着いても、鈴木夫妻の座席は、空（あ）いたままだった。

次は名古屋である。

みゆきは、十一号車まで行き、楠本を、デッキに連れ出して、

「鈴木夫妻は、とうとう、この列車に乗ってこなかったわ。今も、鈴木夫妻が切符を持っている、九号車の10CとDの座席を、見てきたんだけど、やっぱり、乗っていなかった」

「僕たちが、時間を間違えたのかな？」

と、楠本が、いう。

「時間を、間違えたって？」

「鈴木夫妻が持っていた切符を、見せてもらっただろう？　こっちは、三月一日の『のぞみ一〇九号』、その九号車のグリーンと覚えていたんだけど、もしかすると、次の『のぞみ』の切符だったかもしれない」

「でも、二人は、名古屋で降りて、名古屋からは、近鉄特急の、『伊勢志摩ライナー』に乗ることになっているのよ。その『伊勢志摩ライナー』の名古屋発が、十時二十五分だから、それに間に合うように『のぞみ一〇九号』にしたんだと思うわ。だから、列車を間違えたということは、考えられないけど」

と、みゆきが、いった。

だが、鈴木夫妻に、切符を、見せてもらったのは一回だけだから、ひょっとすると、間違っているのかも、しれない。

楠本は、ポケットから、小型の時刻表を取り出して、東海道新幹線下りの欄を、じっと見ていたが、

「次の『のぞみ一一三号』は、東京駅を八時三十分に、出発するんだ。名古屋着は、

十時十三分、問題の『伊勢志摩ライナー』の名古屋発が、十時二十五分で、十分ほど間があるから、急げば、この『のぞみ』でも、間に合うんだよ。だから、鈴木夫妻は、次の『のぞみ一一三号』に乗ったかもしれない」

「でも、私は、間違いなく、『のぞみ一〇九号』の切符を、鈴木夫妻から、見せられたと思うんだけど」

「君は、鈴木夫妻の携帯の番号を、知っているか？　その携帯に、かけてみれば、鈴木夫妻が『のぞみ一〇九号』ではなくて、次の『一一三号』に乗っているかどうかが、わかるはずだよ」

「鈴木夫妻の携帯の番号は、知らないわ。編集長なら、知っていると思うんだけど、あの夫妻に、あまり接近してしまうと、自然な感じの写真が、撮れなくなるからといって、編集長は、わざと、携帯の番号を教えてくれないのよ」

　と、みゆきが、いった。

「じゃあ、仕方がない。しばらく様子を見よう」

　と、楠本が、いった。

二人の話し合いが済むと、みゆきは、九号車グリーンに、戻っていったが、そこで、ビックリしてしまった。

鈴木夫妻が買ったと、みゆきが、思っていた九号車の10CとDの座席に、中年の男女がすわって、いたからである。

一瞬、その男女を、鈴木夫妻と思い、やっぱり、この「のぞみ一〇九号」で、正解だったのだと思ったのだが、よく見ると、鈴木夫妻ではなかった。三十代半ばに見える男女だった。

みゆきは、あわてて、もう一度、楠本のところに、行った。

「やっぱり、あなたがいったことが正しかったみたい。今、九号車に戻ったら、問題の10CとDの座席には、中年の男女が、すわっていたの。だから、鈴木夫妻は、次の『のぞみ一三号』に、乗ったんだと思うわ」

「ということは、僕たちが、鈴木夫妻の切符を、間違えて覚えていたということに、なるのか？」

「そうとしか、考えられないわ。でも、これで少し安心したわ」

と、みゆきが、いった。

名古屋で、鈴木夫妻に会えるからだった。

十時二分、みゆきたちの乗った「のぞみ一〇九号」は、名古屋に到着した。

二人は、名古屋で降り、近鉄のホームに向かう。

ＪＲのホームから近鉄のホームまでは、意外に、遠かった。駅の端から端までを歩く感じである。

それでも、名古屋発十時二十五分の「伊勢志摩ライナー」には、ゆっくり、間に合った。

「伊勢志摩ライナー」は、六両編成。ヒマワリ色と白のツートンカラーで、流線型をしている。窓が大きくて、快適な乗り心地が期待できそうな車体に見えた。

今度こそ、鈴木夫妻が、現われたら見逃すまいと、二人は、改札口に近い、「伊勢志摩ライナー」の最後尾の辺りにいて、ホームに入ってくる、乗客たちを見つめていた。

十時二十五分が、近くなっても、依然として、鈴木夫妻の姿は、確認できなかった。

とうとう、出発時刻の、十時二十五分になってしまった。

仕方なく、楠本とみゆきの二人は、賢島行きの「伊勢志摩ライナー」に、乗り込んだ。

列車が発車する。

楠本は、東京にいる、編集長の有田に、携帯をかけた。

「どうだ、取材のほうは、うまくいっているか？」

何も知らない編集長の有田が、呑気な声を出した。

「実は、困っているんです。肝心の鈴木夫妻が、乗っていないんですよ」

と、楠本が、いった。

「乗っていない？『伊勢志摩ライナー』は、確か六両編成だろう？全部の車両を探したのか？」

「今、味岡君が、全車両を調べてまわっています」

「間違いなく、鈴木夫妻は、その、列車に乗っているさ。何しろ、あんなに楽しみにしていた、お伊勢参りの旅行だからね」

「それはそうなんですけど、実は、東京から名古屋までの『のぞみ一〇九号』にも、鈴木夫妻は、乗っていなかったんです」

「鈴木夫妻は『のぞみ一〇九号』の九号車グリーンに、乗っていたはずだよ。よく調べたのか？」

電話の向こうで、有田が、怒ったような口調で、いった。

「やはり、鈴木夫妻は『のぞみ一〇九号』の九号車のグリーンに、乗る予定だったんですね？」

「ああ、そうだよ。君も味岡君も、鈴木夫妻から切符を見せてもらっただろう？」

「ええ、見せて、もらいましたけど、『のぞみ一〇九号』に、鈴木夫妻が、乗っていなかったので、ひょっとすると、次の『のぞみ一三号』の切符を持っていたのかと、思っていたんですが、やはり、『のぞみ一〇九号』で間違いないんですか？」

「ああ、その通りだ。それにしても、本当に、鈴木夫妻は『のぞみ一〇九号』のグリーン車に、乗っていなかったのか？」

「ええ、そうなんです。『のぞみ一〇九号』の九号車グリーン、座席番号10CとDの切符だと覚えていたので、何度も、その座席を見たんですが」

「ちょっと待て」

と、有田が、いい、

「今、手帳を見て、確認したんだが、『のぞみ一〇九号』、東京八時二十分発、名古屋十時二分着、九号車グリーン、10C、Dと、書いてある。君の記憶に間違いはないんだ」

「でも、どうして、鈴木夫妻は『のぞみ一〇九号』に、乗っていなかったのか。名古屋発十時二十五分の『伊勢志摩ライナー』にも乗っていないんでしょうか?」

「それは、俺にも、わからないよ。ひょっとすると、鈴木夫妻に、何かあったのかも、しれないな」

「僕たちは、これから、どうしたら、いいでしょうか?」

「打ち合わせの時に聞いた、鈴木夫妻のスケジュールでは、宇治山田で降りて、今日は、おかげ横丁を見物したり、内宮（ないくう）を参拝し、その後、伊勢市内の、如月館（きさらぎかん）に泊まることになっている。だから、君たちも、今日は、宇治山田で降りて、同じコースを、歩いてみてくれ。鈴木夫妻は、何か、急用でもできて、少し遅れて、宇治山田に、行くことになったのかもしれないからな」

「わかりました。宇治山田駅で降りて、近くを見学した後、如月館に泊まることにします。如月館で、鈴木夫妻と、会えるかもしれませんから」

と、楠本が、いった。

結局、鈴木夫妻は、この列車に乗っていなかった。

二人は、宇治山田駅で、「伊勢志摩ライナー」を降りた。

鈴木夫妻の姿が見えないのが心配だったが、楠本も、みゆきも、伊勢志摩の旅は、初めての経験だった。

昔風の、宇治山田駅のアンティークな美しさに、二人は、鈴木夫妻のことを忘れて感動した。

駅舎は、クリーム色のタイルが貼られ、屋根が、スペイン風の赤で、駅舎の中は、八角形の明かり取りの窓があったりして、落ち着いた美しさを、醸し出していた。

二人は、駅前でタクシーを拾って、伊勢の町に向かった。

まず、内宮にお参りする前に、観光客で賑わうおかげ横丁に寄ることにした。

有名な赤福餅の店や、酒屋や、昔風の小屋などが、集まっている通りで、今日も観光客でごった返している。

二人は、五十鈴川に面した茶店で、名物のお団子を食べ、お茶を、ご馳走になった。床几に腰を下ろしていると、目の前に、五十鈴川が流れ、そこに架かる宇治橋が、右手に、見える。

その橋を、多くの観光客が、ゾロゾロと渡っていく。渡った先が、内宮である。一般には、内宮、外宮と呼ばれているが、正確には、内宮は天照大神を祀る神社で、外宮のほうは、その天照大神の食事を司る、豊受大御神を祀ったものだと、茶店の人に、教えられた。

みゆきたちが、名物のお団子を食べ、お茶を、ご馳走になっていると、見覚えのある中年のカップルが、店に入ってきて、みゆきたちのすぐ近くに、腰を下ろした。

みゆきは、小声で、

「あの二人連れよ」

と、楠本に、いった。

「あの二人が、『のぞみ一〇九号』のグリーンに、乗っていたのか？　鈴木夫妻の代わりに」

「そうなの。どうなってるのか、わからないけど、あの二人連れに間違いないわ」

「あの二人だが、品川から乗って来て、車掌が、たまたま、10CとDの座席が空いていたので、車内で、その切符を売ったんじゃないのか？」

「私も、そう思ったから、車掌にきいてみたけど、違ってたわ。あの二人は、最初から、東京、名古屋のあの座席の切符を持っていたっていわれたわ」

「それ、間違いないのか？」

「ええ」

「じゃあ、何か、わけがあって、鈴木夫妻が『のぞみ一〇九号』に乗れなくなったんで、切符をムダにするのも何だからと、あの二人に、切符を、あげたのかもしれないな」

「じゃあ、あの二人に、きいてみる？」

「いや、今はやめておこう。鈴木夫妻にきいたほうがいい」

楠本は、あわてて、いった。

だが、問題の二人連れに対する関心は、より強くなった。

みゆきたちは、わざわざ、何杯もお茶をご馳走になって、時間を稼ぎ、二人連れが、先に店を出るのを待って、あとをつけてみることにした。

二人連れは、他の観光客と一緒に、五十鈴川に架かる宇治橋を渡っていく。

その二人を尾行しながら、みゆきと楠本は、疑問をぶつけ合った。

「男も女も、三十五、六歳といったところね」

「そんなところだな。しかし、なぜ、鈴木夫妻が買った座席に腰を下ろしていたんだろうか？」

「さっき、楠本さんが、いったように、鈴木夫妻が、急に旅行に行けなくなって、切符をキャンセルした。たまたま、その切符を、あの二人連れが、手に入れたのかもしれないわ。今考えられることは、それぐらいね」

「しかし、今日、僕たちが旅行に同行することは、わかっていたはずなのに、鈴木夫妻は、切符を、キャンセルしたことを、どうして、教えてくれなかったんだろう？」

「そうね。そういわれれば、確かに、おかしいわ」

二人は、答えの出ない疑問を、口にしながら、宇治橋を、渡り切った。

玉砂利(たまじゃり)を踏んで、内宮の境内(けいだい)を歩いていく。

本殿のそばには、警官が一人、立っていた。

参詣者は、奥までは、入れなくて、途中で賽銭を投げ、参拝している。

みゆきと楠本の二人も、ほかの観光客と、同じように参拝し、尾行を中止して、今日泊まることになっている旅館、如月館に、向かった。

如月館は、江戸時代から続くといわれる古い旅館である。みゆきと楠本も、この旅館に予約を取っていたし、鈴木夫妻も予約を入れているはずだった。

みゆきたちが、中に入り、宿泊手続きを済ませ、ロビーで、コーヒーを飲んでいると、少し遅れて、あの二人連れが入ってきた。

男も女も、何か楽しそうな様子で、話しながら、宿泊手続きを取っている。その二人が、従業員に、案内されて、二階に上がっていくのを見送ってから、みゆきと楠本は、フロントに戻って、

「さっき、ここにいた、中年の二人連れですけど、何という名前か、教えていただけませんか？」

と、みゆきが、いった。

旅館のフロント係は、

「お客さまのお名前を、勝手にお教えするということは、どうにも」

と、いいよどんでいる。

「どうしても、ダメ？」

「そうですね。今は、個人情報のうるさい時ですから」

と、相手は、いう。

みゆきは、とっさに、あることを、思いついて、

「今のお二人だけど、鈴木さんというんじゃないんですか？　私たちは、東京の人間なんですけど、どこかでお会いしたような気がして、確か、鈴木さんご夫妻じゃないかなと、思ったんですけど、違います？」

と、いってみた。

フロント係は、みゆきの言葉に、微笑して、

「ええ、そうなんですよ。ご夫妻で、ここにお名前を書いてもらいました」

と、いって、その宿帳を、見せてくれた。なるほど、そこには、鈴木明、京子と、名前が書いてある。

「鈴木さんご夫妻は、予約を取っていたんですか」

「ええ、そうですよ。ですから、今の方が、鈴木さまご夫妻です」

フロント係は、何の疑いもないという顔だった。

みゆきは、ますますわからなくなってしまった。

いや、強引に、推理を働かせれば、納得できることは、納得できる。答えは何とか、見つかるのだ。

問題の鈴木夫妻が、急に行けなくなって、自分が買った「のぞみ一〇九号」や、名古屋からの、「伊勢志摩ライナー」の切符などを、自分の知り合いの、さっきの二人連れにあげてしまった。これで伊勢参りを楽しんできなさいといい、伊勢では、如月館という旅館を予約してあるから、私たちの名前を使えば、簡単に泊まれる、といったのかもしれない。

そうならば、「のぞみ」の問題の座席に、あの二人が、すわっていたことも、この如月館に、鈴木夫妻の名前で、泊まったことも、何とか納得できるのである。

みゆきが、その考えを伝えると、楠本は、頷いて、

「実は、僕も、同じようなストーリーを考えていたんだ。今のところ、それ以外には、ちょっと、納得できるような答えは、見つからないからね」

「どうしたら、いいかしら？」

「簡単なのは、鈴木夫妻に連絡が取れれば、それがいちばん早いんだ。急に行けなくなったことや、さっきの二人連れに、自分たちの切符を譲ったことや、この如月館の予約のことを話したと、鈴木夫妻が、僕たちに、説明してくれれば、それで万事、解決してしまうんだ」

「でも、鈴木夫妻の携帯の番号が、わからないから、今は、確かめようがないわ」

「じゃあ、もう一度、編集長に、電話してみようじゃないか」

そういって、楠本は、自分の携帯を、取り出した。

東京の、有田編集長に電話し、こちらの状況を伝えた。

「その二人が、何者なのか、鈴木夫妻に、きいてもらえませんか？」

楠本が、いうと、有田は、

「あと三十分待て。これから、鈴木夫妻の、三鷹の家に行って、確認してくる。もし、急に身体の具合が悪くなって、今回の旅行を、キャンセルしたのなら、たぶん家にいるはずだから、会って、事情をきいてくるよ」

それから三十分ほどして、有田のほうから電話をかけてきた。

「今、鈴木夫妻の家の前に、来ているんだが、どうやら、留守らしいね」

「本当に、留守なんですか？」

「ああ、何回ベルを、鳴らしても、まったく応答がないからね。留守としか考えられない」

「まさか」

と、楠本が、いった。

「まさかって？」

「いや、こんなことを、考えるのは、いけないかもしれませんが、ひょっとして、昨日のうちに、強盗でも押し入って、鈴木夫妻を、殺してしまった、なんてことはないでしょうね？　まさかとは思うのですが」

「わかった。一応、念のため、近くの交番に話をして、警官に、家の中を調べてもらうことにするよ」

と、有田が、いった。

二十分ほどして、有田から、また、電話が入った。

「交番にいた巡査に事情を話して、家の中を調べてもらった。しかし、家の中は、別に変わった様子はなかったよ。携帯は、電源が入っていないようだ。鈴木夫妻は、やはり単なる留守だね」

「じゃあ、鈴木夫妻は、いったい、どこに、行ってしまったんでしょうかね？今日三月一日は、お伊勢参りに、行くはずじゃなかったんですか？もし、急に、ほかのところに、行かなければならないような用事が、できたのなら、僕たちに、そのことを、連絡してくれても、いいんじゃありませんか？」

楠本が、もっともな、不満を口にした。

「確かに、楠本君のいう通りなんだがね、鈴木夫妻が、今日の、何時頃からいなくなったのかが、わからないから、何ともいえないんだ。あるいは、何時間か、遅れて、そちらに行くかも、しれないぞ」

と、有田が、いった。

「こちらに、鈴木夫妻が来たら、すぐ、編集長に連絡しますよ」

と、楠本が、いって、電話を切った。

4

　如月館では、夕食は、一階の食事処でとることになっている。

　六時半に、楠本とみゆきは、浴衣に丹前という格好で、その食事処に、下りていった。

　そこでは、二十組くらいの、家族連れやカップルが、食事をしていた。

　二人が、空いている席に、腰を下ろして、食事が運ばれてくるのを、待っていると、例の二人連れが入ってきた。

　その中年の男と女も、浴衣に丹前という格好で、盛んに、箸を動かしている。笑顔で、何か、話しているところをみると、あるいは、夫婦なのかも、しれない。

　みゆきと楠本は、じっと、その二人を観察した。

　二人とも、三十代に見える。やはり、三十五、六といったところだ。男のほうは長身で、百八十センチは優にあるだろう。

女のほうは、男に比べると小柄である。

「どうにも、よくわからない、妙なカップルだな」

と、楠本が、いった。

夕食が終わった後、みゆきは、有田編集長に、連絡を取った。

「これから、私たちは、どうしたらいいんでしょうか？　鈴木夫妻は、まだこちらには、姿を現わしていませんが」

「明日は確か、鈴木夫妻は、鳥羽に行って、ミキモト真珠島を見る予定に、なっていたはずだな？」

「ええ、それに外宮も、参拝することに、なっています」

「ああ、そうだった。まず、外宮に参拝した後、鳥羽に行って、ミキモト真珠島を見た後、近鉄線の終点の、賢島に行き、そこに泊まる。確か、そんな予定になっていたはずだ」

「そうなんですけど、肝心の鈴木夫妻がいないのでは、私たちだけで、旅行しても、何の意味も、ないんじゃありませんか？　今回の目的は、鈴木夫妻が伊勢志摩を旅している様子を、取材することに、あるんですから」

「妙なカップルの話をしていたな？　そのカップルは、今日、君たちと同じ、如月館に、一泊するんだろう？」

「そのようです」

「じゃあ、明日、君と楠本君で、その怪しい中年のカップルを、尾行してみてくれないか？」

「それって、何か、意味のあることなんですか？」

「意味ねえ」

「一年間、追いかけようとしているのは、還暦を迎えた、熟年のカップルですよね？　今、この如月館に、泊まっているのは、どう見ても、三十代の半ばぐらいです。そんなカップルを追いかけても、目的の特集には、ならないんじゃありませんか？」

「もちろん、俺だって、そのくらいのことはわかっているさ。しかし、肝心の鈴木夫妻が現われないんだから、その妙なカップルを、追いかけるよりほかに、記事の作りようが、ないじゃないか？　とにかく、明日、そのカップルがどう動くか、それを調べて、こちらに、連絡してくれ」

と、有田編集長は、いった。

5

翌朝、八時に、楠本とみゆきが、一階の食事処に下りていくと、また、あのカップルと一緒になった。

広い座敷には、夕食の時ほどの泊まり客はいなくて、全部で、十人くらいだった。団体客は、すでに、如月館を出発してしまったらしい。

朝食を済ませると、みゆきたちは、わざと旅館の玄関で、待っていて、例のカップルが出発するのを見送ってから、尾行を開始した。

カップルは、伊勢市の駅前まで歩いていき、そこから、タクシーに乗った。

みゆきと楠本も、すぐタクシーを拾う。

カップルの行き先は、どうやら外宮のようだった。

外宮のほうも、内宮のように緑が豊かで、境内は、静まり返っていた。

奥に向かって進むと、本殿の横に、すでに、二十年ごとの新しい建造に備えて、敷地が、用意されていた。

外宮に参拝した後、カップルは、またタクシーに乗り、一気に鳥羽に向かった。

みゆきと楠本も、そのタクシーを追って、これも同じように、鳥羽に向かう。

ミキモト真珠島には、料金を払って、海上を、島へ渡る橋を進むことになる。

あのカップルも、手を繋ぐようにして、橋を、渡っている。

島に入ると、まず、御木本幸吉の大きな、銅像が立っていた。そのそばには、真珠製品を売る大きな、土産物店があり、また、食事をする建物も建っていた。

あの二人は、そのレストランに入って、コーヒーを、飲みながら、壁に貼られてある、園内のイベントの、時刻表を見ている。

それによると、十二時に、海女のショーがあるという。どうやら、それを、待っているらしい。

みゆきと楠本の二人も、そのカップルを監視できるような場所にすわり、二人を見つめていた。

十二時になると、海岸近くの観覧席から、海女のショーを、見ることができた。

三人の海女が出てきて、海中に潜ってアワビを採る実演を、見せてくれる。

みゆきたちは、半分、その海女の実演を見ながら、あとの半分の神経で、問題のカップルの様子を、うかがっていた。

カップルは、カメラを取り出して、海に潜っていく海女の写真を、撮っている。みゆきのほうは、海女の写真は、撮らずに、問題のカップルの写真を、撮っていた。

ショーが一時間ほどで終わった後、問題のカップルは、今度は、島の中にある、ミキモトパールの、土産物店に入っていった。

しかし、何一つ、土産を買うわけではなく、そこを、一わたり見ると、橋を渡り、鳥羽駅へ歩いていった。

鳥羽からは、近鉄志摩線の終点、英虞(あご)湾の賢島まで、列車に乗った。

みゆきと楠本も、同じ列車に乗って、終点の賢島に、向かった。賢島の駅前のタクシー乗り場で、カップルが、タクシーを拾う。

みゆきたちも、同じようにタクシーを拾って、前のタクシーをつけることにした。

道路は、上ったり下りたりする。起伏に富んでいるのだ。

車が走るにつれて、英虞湾に浮かぶ、真珠イカダや、あるいは、釣り人のために用意された、小屋のついたイカダが、見え隠れする。

カップルの乗ったタクシーは、英虞湾を、一周するように進んでいく。途中の展望台では、タクシーを停めて、英虞湾をバックに、タクシーの運転手に、カメラのシャッターを押させて、写真を撮っている。

「鈴木夫妻も、予定通り、この賢島に来ていれば、あのカップルと同じように、タクシーを拾って、英虞湾の眺望を、楽しんでいるんじゃないだろうか？」

と、楠本が、いう。

みゆきも、観光地図を広げてから、

「鈴木夫妻が泊まる予定の、リゾートホテルは、賢島駅とは反対側の海岸にあるホテルだわ」

と、いった。

もちろん、そこにも、鈴木夫妻の名前で、予約が、入っているはずだった。

鈴木夫妻を追って、伊勢志摩に来ることになっていた、みゆきと楠本も、同じリゾートホテルに、部屋を予約している。

あのカップルは、どうするつもりなのだろうか？　英虞湾に面した、リゾートホテルでも、また鈴木夫妻の名前を使って、泊まるつもりだろうか。

みゆきがそんなことを考えているうちに、記念撮影を終えて、カップルは、また、タクシーに乗って走り出した。

問題のリゾートホテル、志摩グランドホテルが見えてきた。最近建設された、白亜（はくあ）の殿堂のような立派なリゾートホテルである。

カップルが、そのホテルの前で、タクシーを停め、中に入っていくのを、見届けてから、少し間をおいて、みゆきと楠本も、そのホテルの、ロビーに入っていった。

カップルは、すでに、フロントで手続きを終えて、ボーイに案内されてエレベーターに乗っていく。それを見届けてから、みゆきと楠本は、フロントに、行った。

自分たちのチェックインの手続きを済ませた後、

「さっき来た中年のカップルなんですけど、実は、私の知っている、鈴木さんというご夫妻に、とても、よく似ていたの。それで、確かめたいんですけど、鈴木さんご夫妻だったんでしょう？」

みゆきが、カマをかけると、フロント係は、ニッコリして、

「はい、そうでございます。ご予約をいただいていた、東京の鈴木さまご夫妻です」

と、いった。

（やっぱり、そうだ）

と、思いながら、みゆきは、楠本と二人、ボーイに案内されて、五階の客室に上がっていった。

隣り合わせで、部屋を二つ、取ってある。

ボーイが消えた後、みゆきは、隣の楠本の部屋に、入っていった。窓から、英虞湾の海面が見えた。ほとんど波がない。

「やっぱり、あのカップルも、このホテルに泊まったね。それも、鈴木夫妻の名前を使ってさ」

楠本が、ぶぜんとした顔になっている。

「あの二人の目的は、いったい、何なのかしら？」

みゆきも、不思議そうな顔で、いった。

念のために、有田編集長に電話してみると、鈴木夫妻は、依然として、まだ三鷹の家には帰っていないし、携帯のほうも、つながらないという。

その後、有田は、

「そちらの様子は、どうだ？　妙なカップルの動きは、どうなっている？」

「鈴木夫妻が、私たちに、話してくれていた通りの行動を、中年カップルも取っていますよ。鳥羽でミキモト真珠島に行き、海女の実演を見た後、こうして今、近鉄志摩線の終点、賢島まで来て、志摩グランドホテルに、入っています。それも、予約してある鈴木さん夫妻の名前を使って、鈴木さん夫妻の名前を、使ってです」

「鈴木さん夫妻の名前を使って、そのカップルは、いったい、何を企んでいるんだろうか？」

有田も、同じことを、いった。

「鈴木さん夫妻というのは、将来の老人社会の日本人の、典型として選んだのでしょう？　貧乏ではないが、しかし、金持ちでもない。特殊な技能が、あるわけでもない。何か素晴らしい宝石や絵や書などを、持っていることも、考えられないわけでしょう？」

「その通りだよ。とにかく、今の日本の平均的な、平凡な夫婦を、選んで、ウチの雑誌が追いかけているんだ。だから、君のいうように、そのカップルが、鈴木夫妻を利用するとしても、大した利用は、できないんじゃないのかな？」

「でも、ここまで、あのカップルはずっと、鈴木夫妻の、マネをしてきていますよ」

「それで、君たちが見て、そのカップルの様子は、どうなんだ？」

「とにかく、一日じゅう、ニコニコしていますね。とても、楽しそうです。おそらく、自分たちのやっていることが、楽しくてしょうがないんじゃありませんか？」

「楽しそうか？」

「ええ、楽しそうです。自分たちの行動を、自分たちで、面白がっている。私には、そんなふうに見えますね」

「じゃあ、そのカップルの写真を撮ってくれ。何かわかるかもしれないから」

「もう、何枚も撮りましたよ。すぐ、そちらに送ります」

と、楠本が、いったあと、みゆきが、代わって、

「編集長に、質問があるんですけど」

「カップルのことなら、まだ、何もわからないぞ」

「そうじゃなくて、今度のお伊勢参りの旅行のことなんです」

「それが、どうかしたのか？」

「この旅行は、鈴木夫妻が、立てた計画ですよね？」

「当たり前だろう。ウチが、それに、便乗させてもらって、取材をお願いしたんだ」

「三泊四日の日程も、鈴木さんが、作ったものですね？」

「それが、どうかしたのか？」

「私たちは、その日程通りに、ここまで来ました」

「それが、不満なのかね？」

「そうじゃありません。プラン通りに、昨日、伊勢に一泊して、今日、賢島に来て、リゾートホテルに、泊まります」

「それで、いいんだ」

「明日も、同じホテルに泊まって、明後日、帰京することになっています」

「それで、三泊四日だから、いいんだよ」

「でも、何だか変です」

「どこが？」

「今度の旅行のことを、鈴木さんは、日本人の旅の原点は、お伊勢参りにあるから、この旅行を考えたといったんでしょう？」

「私は、鈴木さんの、その考えに、賛成したんだがね」

「でも、昨日、伊勢に一泊しただけで、こちらへ来ました。こちらに、二泊もするのは、ちょっと、おかしいと思うんですけど」

「しかし、伊勢では、内宮にも、外宮にも、参拝したんだろう？」

「ええ。計画通りに、すませました」

「それで、いいじゃないか」

「でも、二見浦（ふたみがうら）が入っていません。それに、賢島で、二泊になっていますけど、こちらで、具体的に、何を見るという計画が、ないんです。何か変だと思うんですけど」

「わかった。それも、鈴木夫妻に会ったら、きいてみよう」

と、編集長は、少しばかり、面倒くさそうに、いった。

第二章　失踪

1

　三月七日になって、鈴木明が勤めているＡＫ実業と、鈴木夫妻の息子、徹、娘のさくらから、ほとんど同時に、鈴木夫妻の捜索願が、警察に提出された。それに応じて、三鷹署の刑事がやってきた。

　二人の刑事は、ＡＫ実業の人事部長と、鈴木夫妻の長男、徹、そして、長女さくらから話を聞いた。

　ＡＫ実業の、人事部長によると、鈴木明は、三月三日の月曜日と三月四日の火曜日の二日間の休暇を、取っていた。一日から四日にかけて、夫婦二人で旅行に出かけると、休暇願に書いていた。

その後、三月六日になっても、鈴木明が、出社してこないので、夫妻の息子たちと相談の上、捜索願を出したと、説明した。

すでに結婚し、子供が二人いる、息子の徹の話によると、両親が、三泊四日で、伊勢に行くことは知っていた。両親は、孫へのお土産を、買ってくるから、楽しみにしていなさいといっていたという。

また、娘のさくらに向かっては、母親の京子が、旅行に行く前日、電話をしてきて、伊勢神宮に行ったら、お守りを、買ってきてあげるよといっていたという。

しかし、その後、両親からの連絡は、一度もなかったと、息子の徹も、娘のさくらも、いった。

刑事たちは、家の中を、調べてみたが、荒らされたような形跡は、なかった。

二階の夫婦の寝室にあった、金庫の中には、M銀行三鷹支店の預金通帳があり、それには、八百二十五万円の預金が、記帳されていた。鈴木夫妻が、失踪した後に、引き出された形跡はなかった。

AK実業の給料日は、毎月二十五日で、二月二十五日には、五十六万五千二百円の月給が振り込まれていて、五十五万円が、下ろされていた。三泊四日の旅行に行くのに際して、その現金とキャッシュカードを、持参して、夫妻は、旅行に出かけたに、違いないと、刑事は、解釈した。

その他、車庫には、鈴木夫妻が、一年半使っているトヨタの白のクラウンが、入っていたが、その車にも、何の異常も、見つからなかった。

人事部長の話によると、鈴木明は、親会社に、三十二年にわたって、勤務しており、ＡＫ実業に、出向してきて五年。その間に、問題を起こしたことは、一度もなかったという。

会社が、六十歳の定年を十年延ばしたことに、鈴木明は喜んでおり、七十歳までＡＫ実業で、働くつもりだと、いつもいっていたという。

また、息子の徹と、娘のさくらの話によると、両親は、たまには、夫婦ゲンカをすることもあったが、それが、離婚にまで発展することはなかった。

「父は七十歳まで、働くつもりでいましたし、両親の唯一の楽しみは、旅行だったと、思います」

と、息子の徹は、証言し、孫が遊びにくるのを、いつも楽しみにしていて、歓迎してくれたともいった。

娘のさくらに対しては、三番目の孫が、早くできるように心配してくれてもいたし、楽しみにしてくれていたという。

二人の刑事は、首をひねった。まさに、平凡を絵に描いたような夫妻である。

夫の明のほうは、勤めている間、問題を起こしたことはなかった。

私生活の面でいえば、近所づきあいもよかったようだし、子供にも恵まれ、すでに孫も二人いる。その上、八百万円を超す預金など資産も十分にあり、大きな借金もない。

還暦を迎えた夫婦が、今年になって、夫婦水入らずの、初めての、伊勢旅行を、楽しみにしていた。そんな夫婦が、なぜか、突然、失踪してしまった。不思議である。

そんな時、刑事は、息子の徹から「マイライフ」という雑誌が、両親を取材していたという話を、聞いた。

二人の刑事はすぐ、「マイライフ」を発行している出版社に行き、編集長の有田から、話を、きくことにした。

有田の話は、不思議なものだった。

「マイライフ」は、将来の老人社会を考えて、発刊された雑誌で、老人社会の中核になる、夫婦を考えた際、鈴木夫妻がモデルとして浮かび上がり、この夫妻を今年一年間、追いかけてみることにしたと、有田は、いった。

「今回の、伊勢志摩旅行についても、編集部員が、同行して、取材させてもらうことを、了解してもらっていました。ですから、三泊四日の内容についても知っていましたし、夫婦が、三月一日の『のぞみ一〇九号』の九号車グリーンの10C、Dの切符を買ったことも、知っていました。ウチからも、二人の編集部員を同じ列車に乗せて、取材しようと、考えていたのです。三月一日、東京駅で待ち合わせということになったのですが、『のぞみ一〇九号』の発車時間になっても、なぜか、鈴木夫妻は現われませんでした。ウチの編集者二人は、とにかく、名古屋まで、行ってみよう、そう思って、列車に乗りました。後から、鈴木夫妻が追いかけてきて、名古屋発の近鉄特急『伊勢志摩ライナー』に乗り込んでくるのではないかと思ったからです。しかし、最後まで、ついに、鈴木夫妻は、現われませんでした。ところが、鈴木夫妻の代わりに、三十代のカップルが、九号車グリーンの10C、Dに乗っていたんです。私としては、鈴木夫妻に、何か、よんどころのない事情でもできて、急に、旅行に出かけられなくなり、せっかく買った切符を、ムダにしたくないので、知り合いのカップルに譲ったのではないか？　そんなふうに考えたので、深くは、疑わず、モデルの鈴木夫妻がいないままに、こちらも行ってしまいました。今になって、刑事さんから、鈴木夫妻が失踪したという話を聞いて、驚いているんです」

と、有田は、いった。

確かに、楽しみにしていた旅行なのに、急に行けなくなることもあるだろう。せっかく買った列車の切符だが、知り合いに、譲るということだって、あり得ないことではない。

幸い、「マイライフ」の編集者二人が、三十代のカップルの、写真を撮っていたので、刑事は、その二人の写真を、ＡＫ実業の人事部長に見せ、また、鈴木夫妻の息子と娘にも、見せた。

しかし、人事部長は、知らないカップルだといい、鈴木夫妻の息子たちも、見たことのない顔だと、証言した。

ここまで来て、二人の刑事は、何か、犯罪の匂いがするような気がしてきた。

2

だが、鈴木夫妻が、どんな犯罪に、巻き込まれたのか、まったく見当がつかなかった。

鈴木夫妻は、三泊四日の、旅行プランをすでに立てており、会社にも、休暇願を出していた。

名古屋までの新幹線「のぞみ」と、名古屋からの、近鉄特急「伊勢志摩ライナー」の切符も、すでに、買ってあった。

伊勢で泊まる、如月館という旅館と、賢島で泊まるホテルの予約も、してあった。

ところが、鈴木夫妻は、その旅行には行かず、なぜか、三十代のカップルが、鈴木夫妻の購入したはずの切符を使って伊勢志摩に行き、予約した旅館とホテルに泊まっているのである。

その日の午後になって、たまたま、遅めの昼食をとりながら、テレビを見ていた三鷹署の刑事の一人が、急に、画面に釘づけになった。

その日の昼近く、隅田川の言問橋付近で、中年女性の水死体が、発見された。水死体は引き上げられ、調べたところ、絞殺の疑いが、出てきたという。

その被害者の女性の特徴が、刑事が、同僚と、問題にしていた、あの写真の三十代のカップルの女性によく似ていたのである。

そこで、気になった刑事は、急いで警視庁捜査一課に電話をした。

その刑事の名前は、三鷹署の井上健一といった。

3

その頃、十津川は、現場にいた。

死体の首には、明らかに絞められた跡があり、殺人の可能性が、高かったので、捜査一課の十津川たちが、現場に、急行してきたのである。

被害者の女性は、身元を、証明するようなものは、何も、身につけていなかった。このままでは、身元を、明らかにするのは、難しいかなと、十津川が、思っていたところへの、本多一課長からの連絡だった。

「電話をしてきたのは、三鷹署の井上という生活安全課の刑事で、そちらに行ってくれるように、頼んである。だから、そちらに、来るはずだ」

その本多の言葉通り、しばらくすると、井上という三鷹署の刑事が、同僚の中村という刑事と一緒に、現場に来てくれた。

二人の刑事は、一枚の写真を、取り出し、十津川に見せた。そこには、三十代の、カップルが写っていて、女のほうは、確かに、水死体になって、隅田川に浮かんでいた女と、よく似ていた。

「詳しい話を、聞かせてくれないか?」

と、十津川は、いい、二鷹署の二人の刑事を、近くの、喫茶店に連れていって、亀井と話を聞いた。

話を聞き終わった亀井刑事が、

「妙な話ですね」

と、感想を、いった。

「確かに、妙な話なんだが、何かありそうな匂いもするな」

と、十津川は、いった。

「どうやら、『マイライフ』という雑誌の編集者に会って、話を、きいたほうがよさそうですね」

「同感だ」

十津川は、頷き、二人は、現場周辺の聞き込みを、部下の刑事たちに任せて、「マイライフ」を出している出版社に、向かった。

4

十津川と亀井の顔を、見ると、編集長の有田は、

「三鷹署の刑事さんから、話を聞いて、私も心配しているんです。鈴木夫妻が、無事に、見つかればいいと思っているんですが」

「鈴木夫妻は、まだ、見つかっていないんですね？」

「見つかっていないし、何の連絡もありません。息子さんも娘さんも、心配して

いるので、何か事件にでも、巻き込まれていなければいいがと、思っているんですが」

「井上刑事から、大体の話は、聞いていますが、もう一度、あなたからお聞きしたいですね」

と、十津川が、いった。

有田編集長は、楠本弘志と、味岡みゆきという二人の編集者を呼んで、問題の取材旅行について、話をするようにと、いってくれた。

「三月一日から四日までの、鈴木夫妻の旅行に、私と味岡君が、同行することになって、楽しい写真が撮れると思っていたんですが、いくら東京駅で待っていても、鈴木夫妻が現われないんです。それで、仕方なく、モデルのいない取材旅行を、してきたのですが、その時から、何か、おかしいなとは、思っていたんです」

と、楠本が、いった。

「鈴木夫妻の代わりに、旅行した、その三十代のカップルには、話を、聞かなかったんですか？」

と、亀井が、きいた。

「そうなんですよ。こちらとしては、理由があって、鈴木夫妻が、自分たちの切符を、その、三十代のカップルに譲ったのではないかと思ったんですが、何か聞いてはいけない理由があるかもしれませんからね。つい、話しかけるのを遠慮してしまいました。今になってみると、あのカップルに話を聞いておけば、よかったなと思っているんですが」

「旅行中の、カップルの様子は、どうでしたか？」

十津川が、きくと、今度は、味岡みゆきが、答えた。

「二人とも、終始、楽しそうで、本当に旅行を満喫している、そんな感じでしたよ」

「そうですか。では、後ろめたいような感じは、なかったんですね？」

「ええ、まったく、ありませんでした」

「鈴木夫妻から、急に、旅行に行けなくなったという連絡は、入らなかったんですか？」

「ええ、ありませんでした。直前まで、鈴木夫妻が、お伊勢参りをするつもりでいると思い、三月一日の朝、予定通り、東京駅で、会えるものだとばかり、思っていたんです」

「もう一度、確認しますが、伊勢では、如月館という旅館を、鈴木夫妻は、予約しておいた。賢島では、志摩グランドホテルを、同じように、予約しておいた。これは、間違いありませんね？」

「ええ、間違いありません」

「鈴木夫妻の代わりに、三十代のカップルが、如月館と、志摩グランドホテルに、宿泊した。その二人は、鈴木夫妻の名前で泊まったんですか？」

「その通りです。どちらも電話予約でしたから、如月館でも志摩グランドホテルでも、その三十代のカップルが鈴木夫妻だと、思い込んで、安心して泊めたんじゃありませんかね」

と、みゆきが、いう。

「『マイライフ』は、来るべき、老人社会を見据えて創刊された雑誌だと、聞きましたが、そのモデルとして、鈴木夫妻に目をつけたのは、やはり、普通の還暦の夫婦だと、思ったからですか？」

と、亀井が、きいた。

「ええ、その通りです。一般の読者からモデルとなる夫妻を、募集しましてね。いろいろな面から、選考した結果、鈴木夫妻を、選んだんです。前科もないし、子供は、息子一人と娘一人に、恵まれ、孫も生まれていて、その孫をとても、可愛がっている。今は、AK実業に勤めていますが、特別、出世コースを、歩んでいるわけでもなく、そうかといって、脱落者ともいえません。子会社に出向して、六十で部長待遇というのは、まあ、いいところでしょう。いろいろと、話を聞いても、ご夫婦とも、一般的な、教養を身につけた、善良な日本人といった感じでしたからね、それで、モデルになって、いただくことにしたのです。まさか、こんなことになるとは、思っても、いませんでした」

と、有田編集長が、いった。

今年一年、「マイライフ」のモデルになってもらうことになっていたというので、これまでに撮った写真の掲載誌も見せてもらった。

今年の元旦の初詣、明治神宮に行った、鈴木夫妻の写真も、あった。

「平凡ですが、初詣では、家族みんなの健康を祈りました。娘に早く子供が恵まれますようにとも、祈りました。今年一年、何事もなく過ごしたい。そんな願いもしましたよ」

写真の横には、そんな鈴木明の言葉も、載っていた。

息子夫婦が、遊びに来て、二人の孫と、笑顔で、はしゃいでいる鈴木夫妻の明るく、罪のない表情も、載っていた。確かに、還暦を間近にひかえ、孫にも恵まれた、健全な、六十代の夫妻の写真だった。

「三鷹署の話では、鈴木夫妻には、現在、借金もなく、また、危険なバクチに手を染めたこともないと聞いたのですが、そういうことも調べて、雑誌の、モデルになってもらったんですか？」

「その通りです。とにかく、ウチの狙いとしては、老人社会で、その核になるような、夫婦像が欲しいですからね。前科があったり、家庭内に、ゴタゴタがあるような夫妻では、困るんですよ。それで、念入りに、調べました。鈴木さんは、持家で、借金もないし、八百万円の、預金もありました。会社でも、敵を作ったりはしていません。近所の人たちとも、とても、仲良くやっている。少しばかり、模範的すぎるのですが、こちらから、お願いして、モデルになって、いただいたんです」

「今年元旦の初詣の時からの、写真を見せていただいたのですが、三月一日の旅行に行くまでの間に、何か、問題になるようなことは、なかったんですか？」

「ええ、何もありませんでしたね。鈴木さんは栃木県の生まれで、向こうに、鈴木家代々の、お墓がありましてね。曹洞宗のお寺で、葬式は、仏教でやる、典型的な、日本人の家庭です。そのお寺のお墓も、写真で、拝見しましたが、立派なお墓でしたよ」

「他にも、模範的なところが、あったんですか？」

「鈴木さんの身長や、体重なども、熟年の日本人男性の、平均的なもので、健康に注意をしているし、奥さんは、エステに通ったり、食事に注意をしたり、していますからね。どこから見ても、平均的な、日本の熟年夫妻なんですよ」

「鈴木夫妻について、読者から、批判的な投書は、来ませんでしたか？」

と、亀井が、きいた。

「鈴木夫妻が載ってから、全部で五十通ぐらいの、投書がありました。その大半は、好意的なもので、若い人たちからは、自分の両親に、よく似ているとか、六十代の夫婦からは、自分たちも、同じようなことをしている。孫は可愛いし、最近は、少し太ってきたので、痩せようと、思っているとか、旅行がいちばんの楽しみとかいったものです。何通か、批判的なものも、ありましたが、少しばかり、鈴木夫妻は、幸福すぎるのではないか？　もっと、不幸で、惨めな老後を送っている夫婦も、いるはずだ。そうした夫婦のことも、雑誌に、載せてもらいたい。そんな内容の投書です。これも事前に、予想していたので、特に問題はありませんでした」

　と、有田編集長は、いった。

「今回の旅行ですが、このプランは、鈴木夫妻のほうから、提案してきたのですか？　それとも、雑誌社のほうで、企画をして、お伊勢参りを、して欲しいといったんですか？」

「鈴木夫妻のほうから、いってきたんです。若い時は、鈴木夫妻も、海外旅行を、楽しんでいたようですが、歳を取ると、日本の国内を見てまわりたくなる。特に、日本人は、昔から、お伊勢参りを楽しみにしていたから、自分たちも一度、お伊勢参りをしてみたいと、いわれましてね。こちらも、鈴木夫妻の提案に、大賛成して、ぜひ、伊勢志摩に、行っていただきたいと、お願いしました」

と、有田が、いった。

5

十津川と亀井は、三鷹にある、鈴木夫妻の家に、行ってみることにした。その途中の覆面（ふくめん）パトカーの中で、亀井が、

「少しばかり、完璧すぎるような気がしますね」

と、いった。

「あの『マイライフ』という雑誌が、典型的な、六十歳の夫婦を選んだんだから、完璧すぎるのは、むしろ、当然じゃないのかな？　平均的な、初老の前科のない、仲のいい夫婦を、選んだんだ」

と、十津川が、いった。

鈴木家の前に来ると、三鷹警察署の井上刑事が、待っていた。

井上に案内されて、玄関から中に入る。

「この家は、鈴木夫妻のものになっているのかな？」

十津川が、きくと、

「三十年ローンで、買ったのですが、すでに、払い終わっているそうです。完全に、鈴木夫妻のものです。抵当などには、入っていません」

井上が、説明する。

十津川は、井上刑事に、手伝ってもらって、家の中を、徹底的に調べてみることにした。どうやら、鈴木夫妻の失踪は、今朝、隅田川に、浮かんでいた三十代の女性の死体と、関係がありそうに、思えたからである。

「私たちが、調べたところでは、何の異常もないように、見えました。争った形跡は、どの部屋にも、ありませんでしたし、二階の夫妻の寝室にある、金庫からは、預金通帳も見つかっています。安定した夫婦のように、思えましたから」

井上が、いった。

「それ以外に、何かあるか、調べてもらいたいんだ。どんなものでもいい。例えば、この家の中に、どんな絵が、飾ってあるかとか、鈴木夫妻が、どんな、趣味を持っていたのかも、知りたいんだよ」

「旅行が、好きだったようです」

「それは、わかっているんだ。だから、それ以外の趣味、例えば、写真の趣味があったとか、料理の趣味があったとか、そういうことだ」

十津川が、いった。

二階の鈴木の書斎に、ノートパソコンがあったので、それを検索してみたが、失踪や、殺人に、関係のありそうな文字や写真は、出てこなかった。

デジカメと、少し型の古い、ビデオカメラがあったが、これといったものは、見つからなかった。

絵は、一階に三枚、二階に二枚、壁にかかっていた。二階の二枚は、妻の京子が彫った版画だった。

一階に飾ってあった三枚は、いずれも無名の画家が描いた、風景画である。おそらく、どんなに高くても、一枚五万円はしないだろう。

写真のアルバムも、二冊、見つかった。それを、見ていくと、鈴木夫妻の歴史がわかる写真だった。

二人が結婚した時の写真、長男の徹が、生まれた時の写真、娘のさくらの、七五三の時の写真、孫との写真、また、一家のハワイでの写真もあった。

どれも、罪のない、楽しい写真である。

二階には、昔は、子供部屋として使っていたのだろうが、今は物置となっている、部屋もあった。

十津川たちは、その部屋も、調べてみることにした。今は、家庭を持った、息子の徹や、嫁いだ娘のさくらが、使っていたであろうと思われる楽器やおもちゃなどが、段ボール箱に詰め込まれていた。どこの家庭にも、ありそうなものである。

ただ、物置の、いちばん奥に、大きな段ボールの箱があり、その箱は、丁寧に、テープで閉じられていた。

亀井が、そのテープを、慎重に、剝がしていった。テープを、剝がし終わってから、大きな段ボールの箱を、開けてみた。

一瞬、中にあったものを見て、十津川はギョッとしたが、よく見ると、木で彫られた三体の仏像だった。

「これ、円空ですよ」

亀井が、小声で、いった。

確かに、荒々しい彫刻は、円空仏だった。本物の円空なのか、偽物なのかは、わからない。

十津川が、妙な気がしたのは、三体の仏像が、なぜ、厳重に、梱包された段ボールの中に、入っているのか、なぜ、物置のいちばん奥に、しまわれているのか、ということだった。

普通なら、玄関か、あるいは、書斎に、飾られてしかるべき仏像である。

十津川は、三鷹署の井上刑事から、鈴木夫妻の長男徹と、長女のさくらの電話番号をきいて、連絡してみることにした。

まず、息子の徹である。

「ご両親は、円空がお好きでしたか？」

と、きくと、電話の向こうで、徹は、

「円空ですか？」

と、戸惑ったような声で、きき返してきた。

「ええ、そうです」

「円空というと、仏像で有名な、あの円空ですね？」

「ええ、ご両親のどちらかが、円空がお好きですか？」

「それはわかりませんが、今までに、円空のことを、両親と話したことは、一度もありません」

「今、ご両親の家を、調べているんですが、物置のいちばん奥で、円空仏が三体、見つかったんですよ。この円空仏をご覧になったことはありませんか？」

「物置って、二階の物置ですか？」

「そうです。あなたが、子供の時に使っていた楽器やオモチャが置いてあるところです」

「その物置に、入ったことはありますけど、仏像がしまわれていたなんて、まったく、知りませんでした」

　と、徹は、いった。

　娘のさくらの反応も、同じだった。両親が、円空を好きだったことも、知らないし、仏像が好きだったことも、知らないという。もちろん、二階の物置に、円空仏があることも、知らないと、いった。

十津川は、鈴木明が勤めているＡＫ実業にも、電話をかけてみた。人事部長や、鈴木が所属する営業一課の社員にも、電話を繋いでもらって、円空のことを、きいてみたが、答えは、いずれも、同じだった。

誰も、鈴木明が、円空に、興味を持っていることなど知らなかったし、仏像に関心を持っていることも、知らなかった。それが答えだった。

「これは、どういうことですかね？」

亀井が、首を傾げる。

「考えられるのは、この円空仏三体は、誰かから、鈴木夫妻が、預かっているということだね。預かりものだから、傷をつけては大変なので、段ボールに入れ、厳重に包装して、この部屋のいちばん奥に、しまっておいた。そういうことじゃないかと思うんだが」

と、十津川が、いった。

「警部のいわれるように、預かりものだとすると、鈴木夫妻の失踪とは、何の関係も、ないことになりますね」

「その通りだ。何の関係もないことになる」

6

司法解剖の結果が、判明した。

死因は、予想した通り、溺死ではなく、窒息死だった。つまり、何者かに、首を絞められて殺された後、隅田川に、投げ込まれたということになる。

死亡推定時刻は、死体発見の前日、三月六日の、午後九時から十時の間で、水に投げ込まれた死体は、時間が経てば、沈んでしまうが、沈む前に夜が明けて、発見されたということなのだろう。

女性の指紋は、警察庁の指紋カードと照合されたが、前科者カードには、該当者が、いなかった。

殺された女性は、身長百六十センチ、体重五十八キロ、年齢は、三十五、六歳であることが、わかったが、体には、これといった特徴も、手術の跡もないということだった。

その日の、夜に入って、浅草警察署に、置かれた、捜査本部で、第一回の捜査会議が開かれた。

捜査会議の席上、十津川が、第一に、三上捜査本部長に、いったのは、女性の死体と、鈴木夫妻の失踪との、関係だった。

「被害者の女性と、鈴木夫妻の失踪との間には、何らかの、関係があるものと思われます。ただし、今のところ、どんな関係があるのかは、わかっていません。ただ、鈴木夫妻のことを、調べていけば、自然に、被害者の身元も、また、殺害された理由も、わかってくるだろうと、私は、期待しています」

「しかし、失踪した鈴木夫妻には、犯罪に関係するような、暗い影は、ないんじゃないのかね？　そんなふうに私は、聞いているんだがね」

三上本部長が、首を傾げた。

「確かに、本部長のおっしゃる通りです。鈴木夫妻というのは、平凡を、絵に描いたような夫婦で、前科もなく、借金もなく、職場にもこれという問題はなく、また、家庭内にも、何のトラブルも、ありません」

「殺人事件と関係がありそうに、思うのかね？」

「いえ、まったく、思えません」

「だが、君は、殺された女性と、鈴木夫妻の失踪とは、何か関係があると思っているわけだろう？」

「はい。間違いなく、関係があると、思っています」

「君は、どんな関係を、想像しているのかね？」

「三月一日から三泊四日の予定で、伊勢志摩めぐりの旅行を、鈴木夫妻は、計画していたんですが、鈴木夫妻に、何らかの理由で、その旅行に、行ってもらいたくない人間がいたのではないでしょうか。その人間が、鈴木夫妻を、誘拐し、被害者の女性をそれにからんで、殺害し、隅田川に、投げ込んだ。そういうことも、考えています」

「それは、いくら何でも、飛躍しすぎているし、何よりも漠然としすぎているね」

「確かに、本部長のいわれる通り、漠然としすぎていますが、捜査を進めていけば、自然に、鈴木夫妻の失踪した理由が、わかってくるのではないかと、期待しています」

と、十津川は、いった。

「君と亀井刑事は、鈴木夫妻について、いろいろと調べたんだろう？　それで、鈴木夫妻というのは、どういう人間なのか、わかったのかね？」

「鈴木夫妻の夫婦像というのは、次のようなものです。二人とも、六十歳の還暦を迎えたばかりです。夫の鈴木明は、一部上場会社から、子会社の、ＡＫ実業という会社に移り、営業をしています。ＡＫ実業では、定年を六十歳から七十歳に延ばしたので、鈴木明は、七十歳になるまで、ＡＫ実業で働こうと考えているようです。現在の三鷹の家は、すでに、ローンを払い終わり、夫妻のものに、なっています。借金はなく、八百万円ほどの、預金があります。一男一女に恵まれ、すでに二人とも、結婚しており、孫が二人できています。鈴木明は、妻の京子とは三十三年の結婚歴を持ち、夫婦ゲンカをしたことはありますが、今までに、離婚の危機というようなことは、なかったと聞いています。さっきも申し上げたように、会社内にも、敵はなく、家の周辺の人とも、うまくやっているようです」

「十津川君の話を聞いていると、鈴木夫妻が、犯罪に、関係してくるようなことは、考えられないんじゃないのかね？」

「その通りですが、鈴木夫妻にも、あるいは、人に知られたくないような秘密が、あるのかもしれませんし、敵があったのかも、しれません。捜査を続けていき、それがわかれば、自然に、事件の謎が、解けてくるのではないかと思います」

と、十津川が、いった。

「鈴木夫妻の家を調べて、何か、気になったことは、なかったかね？」

「失踪に直接、繋がるようなものは、見つかりませんでしたが、二階の物置として使われていた部屋の奥から、段ボール箱に入れられた、円空の仏像が三体、見つかりました。それが、おかしいといえば、おかしいのですが」

と、十津川が、いった。

「鈴木夫妻の、どちらかが、円空仏が、好きだったのかね？」

「夫妻の息子と娘に、ききました。また、鈴木明が勤めているＡＫ実業の同僚にも、きいてみましたが、鈴木夫妻が、円空が好きだったという証言は、得られませんでした」

「君は、その円空仏について、どういう解釈をしているのかね？」

「普通に考えれば、誰かに頼まれて、その円空仏を、預かっているのではないかということです。失くしたり、傷つけたりしては困るので、段ボールに入れて、厳重に梱包し、物置のいちばん奥にしまっておいたということです」

「君のいう通りだとしたら、今回の失踪とも、殺人とも、何の関係もないことになるね」

「今も申し上げたように、この円空仏以外に、変わったものは、何もありませんでした」

7

翌日の三月八日になっても、鈴木夫妻は、見つからなかった。

捜査本部では、殺された女性について捜査する一方、行方不明の鈴木夫妻について、どうするべきか、議論になった。

片方に、この際、マスコミに、発表して、探してもらってはどうかという意見があったが、誘拐された可能性も、あるから、マスコミに発表するのは、危険だという意見もあった。

何事においても、慎重派の三上本部長は、失踪、誘拐の両方の可能性が捨て切れないから、公開捜査には、踏み切らないことに決めてしまった。

刑事たちは、各県警に、照会するとともに、念のため、三月一日から現在までの、日本全国の新聞を調べてみたが、鈴木夫妻と思われる男女の死体が発見されたという記事は、どこにも、載っていなかった。

十津川は、「マイライフ」の二人の編集者が撮った、三十代のカップルの写真を、大きく引き伸ばして、捜査本部の黒板に張りつけた。今のところ、鈴木夫妻の失踪に関係があり、三十代の女性を殺した、容疑者は、カップルの男のほうしか、浮かんで、こなかったからである。

編集者の証言によれば、この男は、年齢三十五、六歳、身長は、百八十センチぐらいと高く、痩せ型だという。そのことも、引き伸ばした写真のそばに、チョークで、書き加えた。

「警部は、これから、どう、捜査を進めていくおつもりですか？」

亀井が、きく。

十津川は、西本と日下の二人の刑事に向かって、

「君たちは、ＡＫ実業の社員から、引き続き、失踪した鈴木明について、関係者

の話を、きいてきてくれ。会社内に、敵はいなかったといわれているが、事実かどうか、徹底的に調べて欲しい」

　十津川は、次に、三田村（みたむら）と北条早苗（ほうじょうさなえ）の二人を呼んで、

「君たちには、鈴木明が卒業した、M大学に行って、当時の同窓生を調べて、学生時代の鈴木明の評判を、きいてきてもらいたいんだ。同じように、独身時代の、妻の鈴木京子の評判も知りたい」

「しかし、鈴木明の学生時代も、妻の京子の独身時代も、三、四十年も前の話ですが」

　三田村が、いう。

「わかっている。だが、われわれの考えが及ばないような過去のことが原因で、誘拐されたり、殺されたりすることもあるからな。念のため、調べて欲しいんだ」

　と、十津川は、いった。

　その後で、十津川は、亀井に向かって、

「明日は、日曜日で、名古屋発午前十時二十五分の『伊勢志摩ライナー』が出て

いる。私と、伊勢参りに行ってみないかね？」

「鈴木夫妻が行くことになっていた、三泊四日の伊勢志摩旅行ですか？」

「私は、その旅行のことが、気になって仕方がないんだ」

「別に不自然な旅行のようには見えませんが。三泊四日で伊勢と志摩の両方をまわってくるという日程ですし、夫の鈴木明は、会社に、きちんと休暇願も出していますしね。何か事件に巻き込まれて、旅行に行けなくなってしまったのだと思いますが、旅行そのものには、不自然なところは感じられません」

「確かに、スケジュールも、利用する列車やホテル、旅館にも、怪しいところはない。だから、鈴木夫妻が、旅行に、行かなかったというだけならば、問題はないんだが、夫妻の代わりに三十代のカップルが旅行し、女性のほうが、殺されているんだ。そこが、引っかかるんだよ」

「警部は、そのカップルが、何のために、鈴木夫妻の代わりに、旅行したと思われますか？」

「それがわからなくて、困っているんだ」

「わかりました。行きましょう」

十津川は、三上本部長の許可を得て、翌三月九日の朝、鈴木夫妻が計画した、三泊四日のスケジュール通りに、伊勢志摩に、行くことにした。

東京午前八時二十分発の「のぞみ一〇九号」に乗って、二人の刑事は、名古屋に向かった。

ただ、グリーン車に乗る必要は、ないので、二人は、自由席にした。

十時二分、名古屋に着くと、「のぞみ」を降り、近鉄特急「伊勢志摩ライナー」に乗るために、長い通路を歩いていく。

その途中で、十津川が、オヤッという顔になったのは、同じように、近鉄のホームを歩いていく乗客の中に、「マイライフ」の編集長、有田と、編集者、味岡みゆきの二人を発見したからだった。

向こうも、十津川に気がついたらしく、有田が、手を挙げて、こちらに、近づいてきた。

「警察もやはり、伊勢志摩に行ってみることにしたんですか？」

と、有田が、きく。

「あなた方もですか？」

歩きながら、十津川が、きき返した。

「何とか、鈴木夫妻を探し出したいんですよ。そのためのヒントが見つかるんじゃないかと思って、味岡君と二人で、伊勢志摩に行ってみることにしたんです」

「もう一人の編集者は、どうされたんですか？　確か、男性の編集者が、いたはずですが」

「ああ、楠本ですか。彼には、東京に残って、何かあったら、すぐ連絡するようにといってあります。鈴木夫妻が見つかれば、何も、伊勢志摩に、行ってみる必要もなくなりますからね」

と、有田が、いった。

問題の近鉄特急「伊勢志摩ライナー」は、六両編成で、六両目が、デラックス車両である。

味岡みゆきが、

「鈴木夫妻の作ったスケジュールでは、最後尾のデラックスに、乗ることになっていました。それで、三月一日には、私たちも、最後尾のデラックスに乗りましたし、例の三十代のカップルも、六両目に、乗っていました」

と、いう。

十津川たちも、六両目のデラックス車両に、乗ることにした。

「伊勢志摩ライナー」は、十時二十五分に名古屋を出た後、途中、十一時十二分に津に停まり、十一時四十三分、宇治山田着になっている。

宇治山田で、四人は「伊勢志摩ライナー」を降りた。宇治山田から、おかげ横丁までは、車を使った。

おかげ横丁に着くと、そこで、名物のお団子を食べさせる店に入った。

「ここまでは、あなたと、楠本さんが先に入り、問題のカップルは、後から、来たわけですね？」

確認するように、十津川が、きいた。

味岡みゆきは、小さく頷いた後、

「ここで、休んでいたら、あのカップルも入ってきたんです。その後は、私と楠本さんが、あのカップルの後を、つけるような形になりました」

「では、三月一日と、同じように、動いてください」

と、十津川が、いった。

三十分近く、その店で休んだ後、味岡みゆきの案内で、十津川たちは、宇治橋を渡って、内宮に向かった。

この日、四人は、旅館、如月館に、泊まることにした。ここは、鈴木夫妻が、予約しておいた旅館であり、実際には、三十代のカップルが泊まった旅館でもある。

ここで、十津川は、フロントに行き、三月一日のことを、きいた。

「東京三鷹の鈴木夫妻の予約の件ですが、いつ、予約が入ったのですか？」

十津川が、きくと、フロント係は、

「確か、二月二十七日でした。電話でご予約をいただきました。三月一日に、その予約通りに、ご夫妻が、泊まっていらっしゃいます」

と、いう。

「三月一日に、宿泊者カードに、記入したものを、見せていただけませんか？」

十津川は、そのカードを見せてもらった。

そこには、三鷹の住所と、鈴木明、鈴木京子の署名があった。どちらも、同じ筆跡である。

「このサインですが、どちらが、書いたんでしょうか？　鈴木明さんですか、それとも奥さんの、京子さんですか？」

「確か、奥さまのほうが署名なさいましたが、何か、問題でもあるのでしょうか？」

心配そうな顔で、フロント係が、きいた。

「いや、別に何の心配もありませんよ。安心してください」

十津川が、笑いながら、いった。

念のために、十津川が、

「鈴木夫妻は、前にも、こちらに泊まったことがあるんですか？」

と、きくと、フロント係は、

「いいえ、前に、お泊まりになったことはございません。今回が初めてです」

夕食の時、四人は、食事をしながら、情報を交換し合った。

「警察は、鈴木夫妻が、犯罪に、巻き込まれたとお考えなんですか？」

と、編集長の有田が、きく。

「カップルの女性のほうが、他殺体で、発見されましたからね。こんなことは考えたくないのですが、失踪中の鈴木夫妻は、何か、犯罪に巻き込まれたと、考えざるを得ないんですよ」

正直に、十津川が、いった。

「しかし、鈴木夫妻というのは、前科も、ありませんし、人から恨まれるようなところも、まったくない、平凡な熟年の夫婦なんですよ。それがどうして、犯罪に巻き込まれたりしたんでしょうか？　警察の考えが、当たっているとしてですが」

「ですから、それを、調べたいと思っているんです」

とだけ、十津川は、いった。

翌日も、みゆきは、十津川の要望通り、三月二日と、同じように動くことになった。

如月館を出た後、外宮を参拝し、鳥羽の真珠島に向かう。

真珠島では、レストランでコーヒーを飲んだり、海女たちの実演を見たりして時間を過ごした。

「これも、例のカップルを尾行する形で、歩いたんですね？」

十津川が、確認するように、きくと、みゆきは、頷いて、

「ええ、そうです」

「これは、確認が、難しいかもしれませんが、宇治山田で降りたり、外宮に、参拝したり、この真珠島に来たりしたのは、鈴木夫妻の作ったスケジュールに、したがったんでしょうか？」

「細かい旅行のスケジュールについては、鈴木さん夫妻に、直接は、聞いていないんですよ。ですから、問題のカップルのこうした動きが、鈴木さん夫妻のスケジュール通りなのかどうかわかりません。あのカップルを、尾行しただけですから」

と、みゆきは、いった。

その後、列車で、終点の賢島に向かう。

賢島駅からは、タクシーを使って、志摩グランドホテルに向かった。

「ここからタクシーに乗ったのは、やはり、問題のカップルが、タクシーに乗ったからですか？」

念のために、十津川は、きいてみた。

「ええ、そうです」

みゆきが、答えた。

起伏に富む道を、タクシーが走る。

「タクシーに乗ったカップルの様子は、どうでしたか？」

亀井が、きいた。

「途中でタクシーから降りて、記念写真を撮ったりしていましたよ」

みゆきが、いった。

志摩グランドホテルに着いた。

ここも、鈴木夫妻が、予約しておいたホテルである。十津川はフロントで、前と同じように予約のことをきいてみた。

伊勢の如月館と同じように、二月二十七日に、電話予約があったということだった。

「ですから、カップルの方が、いらっしゃって、予約しておいた、鈴木ですといわれたので、喜んで、お泊めしたのですが、何か、不都合なことでもあったのでしょうか？」

ここでも、心配そうにきかれた。

十津川は、有田編集長と味岡みゆきと一緒に、食事をしながら、

「ここには、二日、泊まっているんですね？　二日泊まるというのは、鈴木さん夫妻の予約が、そうなっていたんですか？」

「ええ、最初から、ここには二日泊まる予定になっていました。例のカップルも、ここに二日泊まり、私と楠本さんも、同じように、二日泊まりました」

「二泊三日の間、カップルは、どんなことをしていたんですか？」

「到着した三月二日は、夕食の後、外出はしませんでしたけど、次の日は、朝から、二人とも外出していました」

「タクシーに、乗ってですか？」

「いえ、このホテルの自転車を借りていました」

「それで、カップルが、どこへ行ったのか、覚えていますか？」

「このホテルの周辺を走りまわっていただけです。午後も同じように、自転車で走りまわっていました。翌日もです。何かを探している感じでした」

と、みゆきが、いった。

「具体的に、カップルが、どんな動きをしていたのか、話してくれませんか」

「今もいったように、あの二人は、朝から、ホテルの自転車を借りて、外出していました。この近くには、小さな漁港があったり、お寺があったり、民宿があったりするんですが、二人は、そんな場所を、のぞき込んだり、写真を、撮ったりしていましたわ」

「何かを探している感じだったといいましたね？」

「ええ。二人とも、地図を片手に、走りまわっていましたもの」

「何を探しているのか、見当がつきましたか？」

「いいえ。でも、ただの観光にしては、やたらに熱心に、走りまわっていたし、例えば、小さな漁港を見たあと、地図に何か書き込んでいたりしていたから」

「それでは、二人は、何か、きいてまわったりも、していたんですか」

「それが、不思議に、何もきいたりしていませんでしたね。それどころか、女性が、何かきこうとするのを、男が、止めていましたよ」

「それは、何処(どこ)でですか？」

「この辺ね――」

と、みゆきは、地図の一カ所を指して、

「小さな集落があるんですけど、そこに、食事をする店があるんです。おすしも出るし、ラーメンも出るといった、何でもありの店なんですけど、そこで食事している時、女性が、店のマスターに、何かきこうとしたら、男があわてて、止めたんです」

「止めただけですか？」

「そのあと、男が、やたらに、店の中や、外の写真を撮ってましたけど」

と、みゆきは、いった。

「他に何か気になったこととか、気がついたことは、ありませんか？」

十津川が、きくと、少しためらってから、

「これは、私が、勝手に考えたことなんですけど、あのカップルは、伊勢には一日しか泊まっていないのに、こちらには、二日泊まっているんです。それは、鈴木さんのスケジュールなんですけど、一応、伊勢参りということになっているのに、どうして、伊勢のほうには、一泊しかしなかったのに、こちらには、二泊したのか、それが、少しばかり不思議な気がするんですけど」

と、いった。

十津川は、もう一泊する必要はない、と判断し、その日のうちに、帰京した。

第三章　小さな秘密

1

依然として、鈴木夫妻は、行方不明のままである。その上、殺された女性の身許も、不明のままだった。

このままでは、捜査は、壁に、ぶつかってしまう。

十津川は、捜査方針を、変えることにした。

捜査会議で、十津川は、自分の考えを、捜査本部長である三上に、説明した。

「『マイライフ』の有田編集長の話によれば、平凡な、還暦を迎えた夫妻を、一年間追跡して、将来の老人社会のあり様を、研究しようと考え、鈴木夫妻をそのモデルに選んだと、いっていました。ところが、肝心の鈴木夫妻が、行方不明になってしまい、夫妻の計画と同じ行動を取っていたカップルのうち、女性が、殺されてしまいました。『マイライフ』では、今回の伊勢志摩への鈴木夫妻の旅行は、当然、夫妻だけの、楽しい旅行になるはずだったといっています。それが、どうして、こんなことになってしまったのかと、考えてみました。そして、一つの結論に達しました。それは、平凡な夫婦という、いわば『マイライフ』のモデルになった鈴木夫妻が、実際には、平凡な夫婦ではなかったのではないかということです。一見、いかにも、平凡な、還暦を迎えた夫婦が、実際には、何か、平凡ではないものを、持っていたのではないのか？　そのことから、今回の事件が生まれたのではないか？　私は、そう考えました。ここで捜査方針を転換し、もう一度、鈴木夫妻について、徹底的に調べてみたいと思うのです」

十津川が、いうと、それを待っていたように、三上本部長が、

「しかしだね」

と、首を傾げて、

「君自身もいっているように、鈴木夫妻というのは、熟年雑誌のモデルになるよ

うな、健康な夫婦で、性格的に明るくて、健全な生活を送り、もちろん、前科などもない。七十歳の新しい定年まで、働きたいという意欲を、持っていた。子供も二人いるが、どちらも、健全に大人になっている。そして、これからは、夫婦二人の生活を、楽しみたい。そういう夫婦じゃないのかね？」

「その通りです。『マイライフ』の編集長から話を聞き、確かに、いい意味で、典型的な初老の夫婦だと、思っていました」

「だが、本当は、平凡ではない、何か秘密を持っている。そんなふうに、考えようとしているわけだね？」

「そうです」

「例えば、どんな秘密を持っていると思っているのかね？」

「今のところ、まったくわかりません。あるいは、見つからないかもしれませんが、鈴木夫妻について、徹底的に、調べてみたいのです」

「今のところ、ほかに、捜査の方法が見つからないというわけだね？」

「はい」

十津川の方針が、何とか、三上本部長によって、了承された。

十津川は、鈴木明が働いているＡＫ実業で、彼の同僚や部下、あるいは上司から、徹底的に聞き込みをやってみることにした。

また、鈴木家の周囲の人たちからも話を聞くことにした。

「どんなに小さなこと、ささいなことでも、構わない。少しでも気になるようなことが、見つかったら、迷わずに、報告してもらいたい」

十津川は、刑事たちに、指示を与えた。

一日目は、何も、見つからなかった。最初に考えたような、健全で、幸福な還暦の夫婦という姿しか、浮かんでこなかったのだ。

二日目も同じだった。職場での、鈴木明の評判は、すこぶるいい。

協調性はあるし、人間的にも信頼できる。

同僚たちは、誰もが、口を揃えて、鈴木明のことをほめる。

妻の京子も、近所の評判は、悪いものではなかった。顔を合わせれば、挨拶をきちんとするし、井戸端会議のような会話は、好まず、夫のことを、偉そうに、いったこともない。

息子や、娘から、聞こえてくるのは、優しくて、信頼のできる両親だという、言葉ばかりだった。

三日目も何も見つからず。

四日目になって、やっと一つだけ、小さなものだったが、こんな話を、西本刑事が、職場の同僚から、聞き出してきた。

「何でもないことかもしれませんが、職場の課長の話です。去年の十月頃、あそこは、土曜日と日曜日が、休みなんですが、家が近いので、土曜日の午後、一緒に、飲みに行こうかと思って、電話をしたそうなんです。ところが、鈴木明も、妻の京子のほうも電話に出ない。一時間後に、もう一度、電話をしてみたが、やはり、誰も出なかったと、その課長は、いっているんです。別に、何でもないことかもしれませんが、一応ご報告しておきます」

「十月の土曜日だね？」

「正確には、第二土曜日だったそうです。ちょっとおかしいなと、その課長が思ったのは、鈴木明が、これからは、土日や連休は、家庭サービスをする。土曜日の夕方くらいは、自分が、夕食の準備をしてみたい。そんなふうに、いっていたからだそうです。しかし、料理を作るのが、面倒くさくなって、夫婦で夕食を食べに、行ったということも、十分に考えられますから、おかしいとは、いえないかもしれません」

翌日、今度は、北条早苗刑事が、似たようなことを、十津川に報告した。

早苗は、鈴木明の妻、京子と今もつき合いのある、大学の同窓生の女性に会って、話を、聞いたのだが、

「彼女が、九月の日曜日、もし、ヒマならば、夫に、留守番をしてもらって、銀座あたりに、食事とショッピングに、行こうと、誘おうと、思ったのですが、相手が、電話に出なかったと、いっているんです」

「その時は、夫の鈴木明も、電話に出なかったんだね？」

「そうらしいです。二回かけましたが、二回とも、誰も出なかった。彼女は、そういっています。電話をかけたのは、九月の第三日曜日の、午後二時頃だったと、いっています」

六日目になると、亀井刑事が、鈴木明の、職場での直接の部下から、話を、聞き出してきた。

「その男は、鈴木と同じ大学の、後輩で、仕事の上での、悩みがあったので、十

一月の日曜日の午前中、十一時頃に、電話をかけたのだそうです。もし、鈴木明が家にいたら、出かけていって、相談に乗ってもらおうと思ったそうです。直接の部下だし、大学の後輩でもあるので、いいアドバイスを、もらえるのではないかと思って、電話を、かけたそうですが、鈴木明も、奥さんも出なかった。そこで、午後になってからもう一度、かけてみたそうなんですが、同じように、誰も、電話に出る気配がなかった。そういっているんです」

「それが十一月か？」

「そうです。十一月の、確か、第一日曜日だったといっています」

七日目、職場の同僚に当たっていた、日下刑事からの報告があった。

「鈴木明と同じ時期に、AK実業に移り、職場では、親友をもって任じている男の証言なのですが、去年の四月頃、土曜日の午後、電話を、したそうです。久しぶりに一緒に夜釣りに行かないかと、誘うつもりで電話をかけたが、相手が、出なかった。奥さんもです。鈴木明も、以前は、釣りが好きだったから、誘えば、一緒に行くのではないか？　そう思ったそうです。月曜日に会社で会った時、せっかく、一緒に、釣りに行こうと、誘おうと思ったのに、君がいなくて、残念だったというと、鈴木明は、土曜日は出かけていたが、もう、釣りはやめた。今まで、仕事にかまけて、奥さん孝行をしてこなかったから、これからは、土日は、できるだけ家にいて、精一杯奥さん孝行をするつもりだと、いったそうです。そんなふうに、いっています」

「四月だね？」

「そうです。四月の、第二土曜日だそうです。その男の誕生日が、四月十四日なので、四月の第二土曜日に、電話をしたのは間違いないと、いっています」

「どう思うね？」

十津川は、亀井に、きいた。

「去年一年間で四回ですか？」

「ああ、そうだ」

「会社の同僚や後輩、あるいは、奥さんの大学時代の同窓生が、四回、電話をかけている。会社は土日が、休みだから、電話は土曜日だったり、日曜日だったりしますが、いずれも夫妻とも、電話に出なかったと、いっていますね」

「まあ、そんなものかという気も、するんだが、それでも、何となく、引っかかるんだ。また、その時、留守番電話に、伝言を入れようと思ったが、留守番電話になっていなかったともいっている」

「私がきいた、大学の後輩の場合も、留守電には、なっていなかったといっています」

「もう一つ気になるのは、釣りに誘おうとして、四月の土曜日に、電話をした職場の親友の話だと、鈴木明は、『もう、釣りはやめた。これから、土日の休みは、家で、奥さん孝行をするつもりだ』と、そういっていたということだ」

「夫婦で、どこかに、食事に行っていたということに、なってくるんじゃありませんか？　それも、奥さん孝行ですから」

「普通は、そう考えるだろう。しかし、四月から十一月にかけて、四回だからね。四回とも、夫婦で揃って、食事に行っていたというのは、あり得なくはないが、少しばかり奇妙に思えてくるんだよ」

「警部は、どうして四回とも、鈴木夫妻が電話に、出なかったと、思われるのですか？」

「私は、四回とも夫婦揃って、食事に行った、あるいは、買い物に行ったとは、思っていないんだ。ひょっとすると、夫婦揃って、旅行に行ったんじゃないかと思っているんだよ」

2

さらに翌日になって、三田村刑事が、同じく、職場の同僚の話として、五月の第三日曜日の、午後二時頃に電話をしたが、鈴木夫妻は、どちらも、電話には出なかったと、十津川に、報告してきた。

「何でも、一年前に、AK実業を辞めて郷里に帰った男が、久しぶりに、東京に出てきたので、仲が良かった四、五人で夕方、新宿あたりで、食事をしないかということになって、鈴木明も、誘おうということになったのだそうです。二時頃、電話をしたが、誰も出なかったということでした。午後五時過ぎにも、もう一度、電話をしたが、その時も、夫妻のどちらも、出なかったと、いっています」

少しずつ、十津川は、引っかかりが、大きくなっていくのを感じた。

十津川は、雑誌「マイライフ」の有田編集長に会って、話を聞くことにした。

十津川は、自分の疑問を、相手にぶつけてみた。

「去年一年間ですが、会社の同僚や後輩、あるいは、奥さんの、知り合いが、土日に電話をしたところ、五回とも、夫婦揃って、電話には出なかった。そういっているんです。鈴木明は、職場の同僚に対して、今まで仕事ばかりしていたので、今年からは、休みには、奥さん孝行をする。そういっていたので、電話に出なかった土日に、夫婦揃って、食事に行っていたのかもしれませんが、すべて、食事に行っていたとは、思えないのですよ。お宅の雑誌で、鈴木夫妻を選んだ時、何か聞いていませんか？」

十津川が、いうと、有田は、エッという顔になって、

「今の話、本当ですか？　去年一年間に、五回にわたって、土日に電話をしたが、夫婦とも、出なかったというのは」

「それは、間違いありません」

「十津川さんは、そのことを、どう思っていらっしゃるのですか？」

「勝手に推測すると、その五回は、土日を利用して、夫婦で、どこかに旅行に行っていたんじゃないか？　そう思っているんですが」

「五回とも、土日に、夫婦揃って、旅行ですか？」

「夫婦揃って、食事に行ったとも、思えないんですよ。土曜日の午後に電話をした人も、いるわけですからね。そうなると、旅行しか考えられないのですよ。それも、土曜日の朝早く出発して、日曜日の夜に帰ってきた。そういう旅行ならば、五回も、夫婦揃って、電話口に出なかったことも納得できますから」

十津川が、いうと、有田編集長は、

「それは、ちょっと、変ですね。ウチの雑誌で鈴木夫妻を、モデルに選んだ時、旅行が好きだとはいっていましたが、去年一年間で、五回も、土日に旅行に、行っていたという話は、まったくしていないんですよ。休暇を取って、海外旅行をしたというのは、聞いていますけどね」

「本当になかったんですか？」

「ええ、ありません。普通、土日といえば、ゆっくりと、自宅で寛ぐものじゃありませんか？　五日間働いて、二日休暇ですからね。わざわざ、その時に、旅行に行って、疲れることもない。夫婦で、食事に出かける、そのくらいが、普通なんじゃゃ、ありませんか？」

「私も、旅行だと断定しているわけではないんです。いちばん考えられるのは旅行ですが、どうして、二日間だけ、つまり、一泊二日の、慌ただしい旅行に五回も行ったのか？　その点が、どうにも、よくわからないのです。旅行以外に、もっと、納得できる理由があればいいんですが」

と、十津川が、いった。

十津川は、さらに、聞き込みを続けることにした。

その結果、亀井刑事が、ＡＫ実業の社内で、一つの話を、聞き込み、十津川に報告した。

「鈴木明の上役で、大学の先輩にもあたる人物の話ですが、六月の確か、二週目の金曜日、その人の、弟夫妻が岐阜羽島に住んでいて、突然、弟が、交通事故で、亡くなってしまった。そこで、葬儀に参列するために、土曜日の朝早く、岐阜羽島に行ったそうです。葬儀を終えた翌日の日曜日、夕方の列車で、東京に帰ろうとして駅に行き、『こだま』に乗ったら、同じ列車に、偶然、鈴木夫妻が、乗ってきたというんです。鈴木明が、一人で、乗っていたのならば、声をかけようと、思ったが、夫婦で乗っていたし、二人で何か、熱心に、話をしているようなので、つい、声をかけそびれてしまった、そういっているんです」

「六月二週目の日曜日、岐阜羽島、そうなんだね？」

「間違いなく、岐阜羽島だと、いっています。弟さんの葬儀に、参列したんだから、駅名を間違えるとも、思えませんし、日時も、はっきりしていると思いますね」

「鈴木夫妻は、岐阜羽島に、何をしに行ったんだろう？」

「私は、岐阜羽島に、鈴木夫妻の知り合いが、いるんじゃないか？　そう思って調べてみましたが、鈴木夫妻の、長男夫妻、あるいは、長女夫妻は、岐阜羽島には住んでいません。また、親戚や、大学の同窓生など、わかる範囲は、すべて調べたのですが、いずれも、岐阜羽島には、住んでいないことがわかりました」

「とすると、純粋に、何かを見に、出かけたんだろうか？」

「しかし、岐阜羽島には、これといった、観光スポットは、ないんじゃありませんか？　あの周辺で、もし、行くとすれば、名古屋で降りて、長良川の鵜飼いを見に行くか、北に行って、飛騨高山を、訪ねるか、さらに、北に向かって、白川郷に行くか、そんなところが、あの辺の、観光スポットだと思うんです。岐阜羽島に、観光に行くという話は、聞いたことがありませんね」

亀井が、いった。

「確かに、カメさんのいう通りだな。私も、あの周辺で、旅行を楽しもうとしたら、名古屋で降りて、下呂(げろ)温泉に行くか、長良川に行くか、あるいは、もっと北に行って、高山、白川郷に行くだろうが、そこに行ったとすれば、行き帰りは間違いなく、名古屋駅を利用するね。岐阜羽島には、寄らないよ」

「そうですね。岐阜羽島から、乗ったということは、下呂温泉とか、高山とか、白川郷に行ったとは、考えにくい。やはり、岐阜羽島周辺を、見に行ったとしか、考えられませんね」

「ほかの五回も、同じように、夫婦で旅行したとすると、どこに行ったのか？　それを、知りたいが、どうしたら、わかるだろうか？」

「こんなことを、考えてみたんですが」

と、断わってから、亀井が、いった。

「夫妻が出かけたというのは、いずれも、土日です。土日の切符を、当日に取るのは大変なんじゃないでしょうか？　たぶん、どこかの旅行会社の、営業所に行くか、あるいは、電話をして、切符をあらかじめ、購入していたんじゃないか？　そんなふうに、思えるんです。今回、鈴木夫妻が、新幹線と『伊勢志摩ライナー』を使って、旅行するときも、旅行会社の営業所で、買ったといっていましたから」

「よし、カメさんのいう形で調べてみよう」

と、十津川が、いった。

雑誌「マイライフ」の有田編集長の話によると、今回の伊勢志摩めぐりの、旅行では、鈴木夫妻は、銀座の、旅行会社の営業所で、切符を購入したという。

十津川は、亀井と二人、その旅行会社の、営業所に行ってみることにした。

十津川は、営業所で、鈴木夫妻の名前をいい、去年の四月から十一月にかけて、六回にわたって、土日に、旅行をしていると、思うのだが、こちらでその切符を、予約して買ったのではないかと、きいてみた。

営業所の係員が去年一年間の帳簿を、調べてくれた。その結果、十津川の推理が、当たっていることが、証明された。

まず四月である。

電話で、札幌までの航空券を鈴木明は、予約していた。土曜日の、早朝の飛行機、新千歳空港までの切符と、翌日曜日の夜、最終の、東京行きの飛行機の、切符である。

「札幌のどこに、行ったか、わかりませんか？」

と、きくと、

「札幌に、行かれたんじゃありませんよ。行き先は、洞爺湖です」

と、係員が、答えた。

「洞爺湖ですか？」

「ええ、そういってました。新千歳空港からは、タクシーで、行かれたと思いますよ」

五月は、新幹線で、米原まで行き、米原からは、東海道本線で、近江長岡まで、その往復切符を購入していた。

六月は、岐阜羽島だが、十二月の土日にも、同じく、東海道新幹線の岐阜羽島までの往復切符を、買っていたことが、新たにわかった。

九月は、新幹線で名古屋まで、名古屋からは高山本線で、飛驒高山までの、同じく、往復切符を予約していた。

このほか、十月にも、同じく土日を使って、飛騨高山までの、切符を予約していた。

十一月に、やはり土日を使って、再度、近江長岡までの、切符を購入していた。

十津川は、自分の手帳に、わかった場所を、書き込んでいった。

北海道の洞爺湖、飛騨高山、岐阜羽島、滋賀県近江長岡。今年になって、夫婦で、伊勢志摩に行くことになっていた。

十津川は、自分の手帳に書かれた地名を、もう一度、見直した。

「行き先に、統一性がなくて、バラバラな印象を受けるね」

小声で、亀井に、いった。

「私は、バラバラというよりも、むしろ、偏っている印象を受けますね。岐阜羽島には、二回、行っていますし、滋賀県の近江長岡にも、二回行っています。どちらも、観光地としては、それほど、有名ではありません。なぜ、そんなところに、貴重な、週末の休みを使って、二回も、行っているんでしょうか？　それが、不思議といえば不思議です」

と、亀井が、首を傾げた。

十津川にも、答えが見つからない。

そこで、旅行会社の係員に、相談してみることにした。

太田美奈子という、三十五歳の女性である。

「鈴木さまご夫妻の、旅行のチケットは、ほとんど私が担当しました」

太田美奈子は、いった。

「鈴木夫妻は、いったい、何のために、そこに行ったのでしょうか？」

十津川が、きくと、相手は、笑って、

「私にも、わかりませんわ。お客さまに、切符を頼まれるたびに、いちいち、何をしに行かれるのですかと、おききするわけには、いきませんから」

（確かに、その通りだ）

と、十津川は、思った。

うるさく、きかれたら、十津川だって、次は、ほかの旅行会社で、切符を買おうと思うだろう。

去年一年間に少なくとも七回、週末の、土日を利用して、鈴木夫妻は、旅行に、出かけているのである。しかも、その旅行について、「マイライフ」の有田編集長には、一切話をしていない。

とすると、この旅行については、夫妻は、誰にも、話していないのかもしれない。会社の同僚にも、二人の子供にも、あるいは、大学時代の同窓生にも、である。

（何故秘密にしたのか？）

3

十津川は、日本地図を用意して、去年一年間、土日の休みを、利用して、鈴木夫妻が旅行した場所に、赤い丸を記していった。

最後は、伊勢志摩に、なっているが、そこは、まだ、行っていないのかもしれないから、赤丸が、適当かどうかは、わからない。

十津川は、地図を、捜査本部でも、じっと見据えた。

なぜ、鈴木夫妻は、去年一年間に、この地図の上の、赤丸の場所に、行ったのだろうか?

どう見ても、統一が取れていないのだ。寒い季節には、沖縄に行き、暑い夏には北海道や、あるいは、軽井沢に行く。それならば、理解できる。

また、すべての場所に、温泉があれば、温泉巡りをしているのだと理解できるのだが、地図の周りには、温泉が、あったりなかったりである。

北は北海道から、西は、近江長岡まで、いくら地図を眺めても、旅行した鈴木夫妻の気持ちが伝わってこない。

北海道ばかり、好きで、行くというのならわかる。温泉巡りも、わかるが、そのどちらでもなさそうだ。

二人が行った場所で、特にわからないのが、岐阜羽島である。

亀井刑事とも話し合ったのだが、あの周辺に、行きたいところがあるとも思えない。

だが、鈴木夫妻は、去年、東海道新幹線を、利用して、岐阜羽島に、二回も行っているのだ。あの周辺に、名所旧跡といえるようなところは、ほとんどない。

岐阜羽島は、もともと政治駅と呼ばれて、政治家が、強引に、あそこに、駅を作ってしまった。最近こそ、少しは賑やかになってきているが、昔は、あの辺は、閑散としていて、駅前の広場は、無料駐車場にしか、使われなかったところである。

そんな場所に、鈴木夫妻は、何のために、一年に、二回も行ったのだろうか？

十津川が、悩んでいると、亀井が、

「どうですか、警部。いっそのこと、この場所に、行ってみようじゃありませんか？　何かわかるかもしれませんよ」

と、十津川を誘った。

「この中の、どこに行く気だ？」

「二重丸がついている場所ですよ。去年一年間に、鈴木夫妻が、観光地でもないのに、二回も行った場所、岐阜羽島と、東海道本線の、近江長岡です」

「そうだな。ここで、悩んでいても、答えは見つかりそうもないから、明日、行ってみよう」

と、十津川も、応じた。

まず、岐阜羽島である。

朝早く、東京駅から、東海道新幹線「のぞみ」に乗って、名古屋まで行き、名古屋で「こだま」に乗り換えて、岐阜羽島で、降りた。

相変わらず、降りる乗客の数は、少ない。

十津川たちは、ホームで、駅の周囲を、見まわした。駅前の広場には、かなりの数の車が、駐まっている。

昔は、駅の周辺には、無料駐車場と田畑しかなかったのに、ビルも少しばかり増えていた。といっても、超高層ビルは一つもない。せいぜい、五、六階建てのビルである。

駅員に、ここに、旅行に来る人は、主に、どこを、見てまわるのかを、きいてみると、

「そうですね。岐阜城とかが、有名ですが、お土産としては、岐阜提灯や団扇などが知られていますね。見るべきところといえば、少し離れていますが、長良川とか、飛驒高山ということに、なってきますね」

と、教えてくれた。

しかし、やはり、名古屋で降りて、高山本線を、利用するだろう。そのほうが

長良川にも、飛騨高山にも、この岐阜羽島で降りるよりも、早く着くことができる。

結局、鈴木夫妻が、なぜ、二回も、岐阜羽島に来たのかは、わからなかった。

仕方なく、二人はその足で、岐阜羽島から「こだま」で、米原に向かった。

米原で降り、東海道本線に乗り換え、近江長岡に向かった。

岐阜羽島と同じように、駅で話を聞いた。駅員は、二人の刑事に、周辺の地図を、見せながら、

「ここから、観光客が行くところというと、伊吹山か、関ヶ原の古戦場じゃ、ないですかね」

「伊吹山と関ヶ原ですか。そこへ行くには、どうすればいいんですか？」

十津川と亀井は、駅員がくれた観光地図を見ながら、きいた。

「そうですね。伊吹山だったら、ここから、バスに乗れば五分で、登山口に、着きます。そこからは、伊吹高原まで、ゴンドラが通っています。その先、山頂までは、歩いて登らなければなりませんが」

「伊吹山というと、何が、有名なんですか？」

亀井が、きいた。

「そうですね。標高一三七七メートル、滋賀県では、いちばん高い山です。夏は、山登りをして、頂上付近に行くと、高山植物が、見られますよ。冬は、やはりスキーですね」

「歴史的に、有名な山なんですか？」

「昔から、神様が、住んでいる山といわれていて、ヤマトタケルノミコトが、この伊吹山で、亡くなったと、いわれています」

「関ヶ原は、ここから、どうやって行ったらいいんですか？」

十津川が、きいた。

「バスも、出ていますが、東海道本線で関ヶ原駅まで、行けば、そこから、歩いて五分で、古戦場に着きますよ。最近は、ドラマなどで、有名になって、関ヶ原の古戦場を見に行く人が、かなり増えてきました。近くには、歴史民俗資料館が、ありますから、そこへ行くと、ジオラマがあって、昔の古戦場の光景を、見ることができますよ」

と、教えてくれた。

「実は、私の友だちで、一年の間に、二回も、この近江長岡に、来た男がいるんですよ。年に二回も、来たとすると、どこへ、行ったんでしょうかね？　伊吹山でしょうか？　あるいは、関ヶ原でしょうか？」

「年内に、二回もですか？」

「ええ、そうです」

「二回来たとすると、一回目は、伊吹山で、二回目は、関ヶ原ということは、考えられませんか？」

「両方に行ったということですか？」

十津川は、いったが、何か、それは、違うような気がした。

岐阜羽島にも、二回行っているが、あの駅で降りてから、鈴木夫妻が、行ったところは、同じ場所ではないかと、十津川は、考えていた。

去年、一年の間、鈴木夫妻は、この、近江長岡駅に、二回降りている。

しかし、行ったのは、伊吹山か、あるいは、関ヶ原のどちらか、一カ所だろうと、十津川は、思っていた。

十津川は、山よりも、海が好きだから、伊吹山と聞いても、あまり、ピンと来ない。

滋賀県内では、最高の高さの山だというし、ヤマトタケルノミコトが、亡くなったという古くからの、伝説もあるらしい。

しかし、そういう話を聞いても、十津川は、伊吹山に、登りたいとは、思わなかった。

鈴木夫妻が、山登りが、好きだという話も、十津川は、聞いていなかった。とすると、夫妻は、この駅で降りて、関ヶ原の古戦場に、行ったのだろうか?

最近は、時代小説や、ドラマが人気を集めていて、関ヶ原の戦いが、扱われることが多くなった。ここで、東軍は、西軍に勝ち、その後の、二百六十年の、徳(とく)川(がわ)幕府の時代が、生まれたのである。

そんなことを考えると、鈴木夫妻が、関ヶ原の古戦場に、行ったということは、十分に考えられる。

二人は、バスを待っている時間が、惜(お)しくて、タクシーを拾って、関ヶ原の、古戦場に行ってみた。

慶長(けいちょう)五年、一六〇〇年の九月十五日、東軍約八万五千人と、西軍約八万人が、天下分け目の戦いを、繰り広げた。

そんなことは、十津川は、知識としては、知っていたが、その場所に、行ってみると、日本の歴史上でも、有名な大合戦があった場所とは、到底、思えなかった。何もない。

ただ、関ヶ原の戦いの跡という、石碑が立っていた。

近くの歴史民俗資料館に、入ると、ジオラマで、東軍西軍が、どんなふうに戦ったのかを、見ることができた。

資料館には、七、八人の、参観者がいたし、関ヶ原には、カメラを持った男たちが、三人いたが、天下分け目の、大合戦があった跡としては、何とも、寂しいものだった。もちろん、今日は、ウィークデイだし、鈴木夫妻が、ここに、土曜日に、やって来たのだとすれば、もっと、多くの観光客の姿を、見たに違いない。

（それにしても、寂しい場所だ）

と、十津川は、思った。

もし、この付近に、名城があれば、観光客がもっと、たくさん来るだろうし、この関ヶ原で模擬（もぎ）戦があって、火縄銃（ひなわじゅう）が撃たれたり、昔の武将の衣装を、着た人たちが、合戦の様子を、再現していたりすれば、それは楽しいだろうが、このほとんど、何もない古戦場の跡に、来るのは、それほど、楽しいとは思えなかった。

一度は見に来るだろうが、二回も、見に来る人間がいるとは、十津川には、到底思えなかった。

「この辺りで、ほかに見るべきところがあるんだろうかね？」

十津川が、いうと、亀井は、持ってきた、観光地図を広げて見ていたが、

「この関ヶ原古戦場のほかというと、例の伊吹山と、醒井養鱒場というのが、ありますね。明治十一年に、できた古い養殖場で、マスの養殖をしたり、日本では、珍しいチョウザメも、見られるそうですよ。ほかには、古い宿場町が、三つほど、地図に書き込まれていますね。その中で、有名なのは、醒井地区だそうです。観光地図の、説明によると、この宿場町は、近くを、清川が流れているのが、有名で、伊吹山の伝説にあったヤマトタケルノミコトの話でも、有名だそうです」

「じゃあ、その醒井地区に行くか、醒井養鱒場に、行ってみよう」

と、十津川が、いった。

二人は、タクシーを拾った。米原に向かう途中が、醒井だった。

まず、醒井宿を見る。

十津川は、ほかの場所でも、同じような、宿場町を見たことが、あった。ここに住む人たちが、一生懸命になって、昔の宿場町の面影を、保存しているのだろう。

しかし、観光客の姿は、少なかった。

東海道本線の醒ケ井駅まで歩き、そこから、タクシーを拾って、醒井養鱒場に向かった。

車で十分の、距離である。

入場料を払って、中に入ると、確かに、冷たく、きれいな水を生かして、ニジマスの養殖が行なわれていた。珍しいチョウザメも見られ、観光客のための、釣り堀もあった。そこでは、ニジマスを、釣らせてくれる。

「ここに、鈴木夫妻が来たとは、どうしても思えないな」

十津川が断定するように、いった。

「ここは、違いますか？」

「まあ、私の勘だがね。もし、ニジマスの養殖を見たければ、ほかの場所に行ったんじゃないかと、思うんだよ。現に、鈴木夫妻は、北海道にも、行っているからね。そこにも、ニジマスの養殖場は、あるんじゃないのかな」

「そうなると、残るのは、伊吹山だけですが、職場の人間にきくと、鈴木夫妻、特に夫の明のほうが、登山が、好きだという話は、まったく、聞こえてこないんですよ。私も、関ヶ原の古戦場や、この醒井養鱒場には、来ていないと、思いますね。関ヶ原に、行くのなら、東海道本線の関ヶ原駅で、降りたほうが、近いんです。この養鱒場に、来るのなら、東海道本線の醒ヶ井駅で、降りるのが、近いんです。鈴木夫妻は、二回とも、東海道本線の、近江長岡駅で、降りているのです。ということは、どこか、ほかの場所に行ったとしか、思えません」

「もし、米原から、車を使う気なら、最初から、米原までの切符しか、買わないはずだからね。鈴木夫妻は、東海道新幹線で、米原まで、さらに米原から東海道本線で、近江長岡までの切符を、二回とも、銀座の旅行会社で、買っているんだよ。だから、行き先は二回とも、初めから、関ヶ原や醒井ではなくて、近江長岡と、決めていた。やはり、伊吹山に行ったのだろうか？　だが、カメさんのいう通り、鈴木夫妻が、山登りを、楽しんでいたという話は、まったく、聞こえてこない」

「そうなると、夫妻は、伊吹山には、登らずに、下から眺めるだけで、楽しんでいたんでしょうか？　何しろ、観光案内には、近江のシンボルと、いわれていると、書いて、ありましたから」

二人は、タクシーを拾って、伊吹山の麓まで、行ってみることにした。

山の麓で、タクシーを降りる。

なるほど、一三七七メートル、滋賀県でいちばん高い山というだけの、ことはあった。

ただし、山頂が、丸みを帯びているので、富士山のような鋭い感じはない。東京に住む鈴木夫妻が、わざわざ、この伊吹山を、見るために、二回も、来るだろうか？

これが、富士山か、北アルプスか、南アルプスか、あるいは、出羽三山と、いったような山ならば、鈴木夫妻が、二回も来たというのも、納得できるのだが、伊吹山には、それほど、人間を惹きつけるようなものは、見当たらなかった。

鈴木夫妻は、飛騨高山にも、二回、行っている。

そこで、十津川と亀井は、名古屋から、高山本線で、高山に行ってみることにした。

名古屋から、特急「ひだ」に乗り、高山に向かう。

途中に、下呂温泉があったり、長良川があったりする。

「こちらのほうなら、鈴木夫妻が、二回来たとしても、おかしくはないな」

列車の中で、十津川は、亀井に向かって、いった。

終点の、高山で降りる。

さすがに、東京に比べると、寒い。近くの山には、まだ、雪が残っていた。

高山は、高山祭で、有名なところだが、鈴木夫妻が来たのは、その祭の時期ではなかった。

二人は、高山の町を、歩いてみることにした。有名な昔の風情の残る上三之町通りがあり、ウィークデイでも、ここには観光客が集まっていた。

だが、鈴木夫妻が、この通りを、見るために、一年の間に、二回も、来たとは、思えなかった。

高山祭に使う、華麗な山車が保存され、展示されている会館も、あったが、その豪華な山車は、やはり、屋内で見るものではなくて、祭で、見てこそ、その良さが、わかるというものだろう。

いくら歩いても、なかなか、鈴木夫妻が、なぜ、二回も、この飛驒高山に、来たのかがわからない。

歩き疲れて、ノドが渇いたので、二人は、近くにあった、喫茶店に入った。

高山らしく、アンティークな、たたずまいの喫茶店である。造りそのものが、武家屋敷のようになっていたし、店内には、古い陶器などが、並べてあった。

二人は、コーヒーを注文し、疲れた体を、癒した。

「なかなか肝心のものが、見つかりませんね」

と、亀井が、いった。

「そうだな。岐阜羽島でも、近江長岡でも見つからなかった。鈴木夫妻が、どこにいるかがわかったら、簡単に、きくことができるんだがね」

十津川も、コーヒーを、飲みながら、同じように、亀井に、いった。

「それにしても、この店も、いかにも、飛騨高山という感じですね」

「そうだな。カメさんのいう通り、いかにも、この町に、ふさわしいアンティークな店だ」

と、いいながら、十津川は、店の中を、見まわした。

その目が、急に、一点で、止まってしまった。

「何かありましたか？」

と、亀井が、きく。

「ほら、向こうの棚に、飾ってある木の彫刻だけど、あれは、例の、円空の木彫りの仏じゃないかな？」

そういいながら、十津川は、立ち上がっていた。

奥の棚まで、歩いていって、その木像を手に取ってみる。小さな、木の仏である。

今度はそれを、手に持って、レジに行き、オーナーと思われる女性に、

「これ、円空じゃありませんか？」

と、きいた。

女性オーナーは、ニッコリして、

「ええ、ここ高山には、円空さんの仏様が、たくさんあるんです」

と、いった。

十津川は、興奮していた。

その木彫りの仏を、棚に返すと、亀井のところに戻って、

「円空だよ」

と、いった。

「円空というと、鈴木夫妻の家にも、円空が、ありましたね？」

「段ボール箱の中に、二体あったんだ。飾ってなかったし、会社でも、鈴木明が、円空のことを、好きだという話は聞けなかったから、てっきり、友人か誰かに、頼まれて、預かっているのかと、思っていたが、実は、そうではなさそうだよ。この飛驒高山に、鈴木夫妻は、円空を見に来たんだ」

十津川は、女性オーナーに、

「この飛驒高山は、円空仏が、たくさん、あるんですか？」

「ええ、この辺りのお寺には、たいてい、円空さんがありますよ」

「どうして、この飛騨高山に、円空仏が多いんですか？」

十津川が、きくと、

「この高山だけではなくて、名古屋の周辺には、円空さんの彫った、木の仏さんが、たくさん、残っているんですよ。何しろ、円空さんは、生涯に、十二万体も、彫ったといわれていますから」

「あなたは、円空さんに、詳しいですか？」

「私は、この飛騨高山で、生まれ育った人間ですからね」

「岐阜羽島も、円空さんに、関係のある土地ですか？」

十津川が、きくと、オーナーは、嬉しそうに、笑って、

「関係あるもないも、岐阜羽島は、円空さんが、生まれたところですよ。ご存じなかったんですか？」

「いや、知りませんでした」

十津川は、正直に、いった。

「伊吹山は、どうですか？」

亀井が、きいた。

　オーナーは、また笑って、

「円空さんは、若い頃、伊吹山で、修行なさったんです。だから、伊吹山といったら、円空さん、円空さんといえば、伊吹山ですわ」

　と、教えてくれた。

　十津川の顔には、まだ、興奮が残っている。

（鈴木夫妻は、北海道の、洞爺湖にも行っているが、おそらく、洞爺湖も、何か、円空と関係があるのだ。物置の奥に、しまわれていた、円空仏こそが、事件を解く鍵に、ちがいない）

　と、十津川は、確信した。

第四章　円空に賭ける

1

ここにきて、十津川は、円空について、勉強する破目になってしまった。亀井にも協力を頼んだ。

十津川も、円空の名前だけは、前から、知っていた。一時、円空ブームが起きて、円空が彫ったと伝えられる円空仏が、連日のように、テレビや雑誌で、紹介されたことを、十津川は憶えている。

「円空について調べていけば、今回の事件が解決すると、警部は、お考えですか？」

亀井が、半信半疑の顔で、十津川に、きいた。

「正直にいってしまえば、そうだといい切れる自信はない。しかし、鈴木夫妻が、土日の休日を利用して、日本じゅうの、円空仏を見に行っていたことは、まず、間違いないんだ。この平凡な夫妻が、他人と違うことを、やっていたとなれば、この円空のことしか、あり得ないと、私は思っている」

「それはわかりますが、円空仏については、研究者も、いますし、円空ブームというものも、ありましたから、日本人のほとんどが、知っているはずです。その円空仏を、土日の休みを、利用して見に行っていたというのは、確かに、普通のサラリーマン夫婦としては、ちょっと、変わっているとは、思いますが、私の友人にも、円空が、好きでたまらないという人間が、います。鈴木夫妻と同じように、休みの日ともなると、カメラを片手に、円空仏を求めて、日本じゅうを、歩いているんです。そういう人は、意外に多いんじゃありませんか？　その中で、なぜ、鈴木夫妻だけが、狙われたのでしょうか？」

「何とかしてそれを知りたいから、カメさんも一緒に、円空について、あるいは、円空仏について、勉強してもらいたいと、思っているんだ」

こうして、円空についての勉強が、二人の刑事の間で、始まった。

円空は、一六三二年、寛永九年、美濃国、今の岐阜県で、生まれている。その後、日本各地を巡礼しながら、生涯、十二万体の木像を彫ったといわれている。そして、一六九五年、元禄八年、六十四歳で、亡くなっている。

十津川は、一つの表を、亀井に見せた。

「これが、全国にある円空が造ったと思われる木像の数だ」

「その数字は、私も、ある本で、見つけました。生涯十二万体にも及ぶ木像、いわゆる、円空仏を彫ったといわれていますが、実際に、発見されているのは、この表にあるように、四千五百三十三体ですね。中でも、岐阜県と、愛知県が、ずば抜けて、多くなっています。彼が、岐阜県で生まれ、同じ岐阜県の弥勒寺の近くで、最期を迎えたからでしょうね。ただし、円空仏は、北海道にもあるし、いわば日本全国に、ありますから」

鈴木夫妻は、亀井がいうように、日本全国に散らばっている円空仏を探して、土日を利用して旅行していたのだろう。

あるいは、木像をカメラに、収めていたのかもしれない。

伊吹山に、二度も行っているのは、伊吹山が、円空の修行した場所であり、その寺には、いくつもの、円空仏が所蔵されているからだろう。

円空仏の主な写真は、亀井が集めてきた。

「鈴木夫妻は、『伊勢志摩ライナー』に乗って、伊勢志摩に行こうとしていた。その理由も、円空のことを、調べているうちに、やっとわかってきたよ」

と、十津川が、いった。

「それは、どんなことですか？」

「円空の年譜を見てみると、一六七四年、四十三歳の時に、三重県志摩市片田の三蔵寺の大般若経六百巻を修復して、その時に五十四枚の、仏画を描いている。さらにこの年には、近くの立神の薬師堂の大般若経六百巻も修復して、ここでも、百三十枚の仏画を描いている。円空のことを、書いた本によると、現在、この絵は三重県志摩市の片田漁業協同組合の蔵と、立神の薬師堂に入っている。おそらく、鈴木夫妻は、この絵を、見に行こうとしていたんだ」

「私も、円空について、調べていたら、同じことが書いてある文章を、見つけました。しかし、どうして、ほかの場合と同じように、土日を利用して、行こうと、しなかったのでしょうか？　どうしてこの時だけ、雑誌『マイライフ』の取材の形で、行くことにしたのでしょうか？」

亀井が、首を傾げている。

「その理由は、こんなことではないかと、私なりに、考えてみたんだ。今まで、鈴木夫妻は、土日を割いて、日本じゅうの円空仏を、見に出かけている。これだけならば、円空ファンの行動だ。だが、円空仏を求めて、日本じゅうを歩いている間に、鈴木夫妻は、何かを、発見したんだよ。それが何なのかは、まだ、私にもわからない。それは、歴史的な新発見か、あるいは、金になること、それも、かなり大きな金になることを、見つけたんだ。だが、その対象物には、平凡な民間人の鈴木夫妻には、近づくことが、できなかった。例えば、門外不出で、見せてもらえないとかね。それで、鈴木夫妻は、マスコミの力を、借りようとしたんじゃないのか？『マイライフ』という雑誌が、団塊の世代のモデルになるような夫妻を、探しているという記事を読んで、早速、鈴木夫妻は応募したのではないのか？　今いったように、『マイライフ』という雑誌の力を借りたいと思って、応募したんだ。雑誌の有田編集長は、平凡を、絵に描いたような鈴木夫妻が、見つかったので、この夫妻のことを、連載の特集記事にしようと思った。ところが、鈴木夫妻のほうは、『マイライフ』という雑誌を、利用しようと思ったんだ。しかし、鈴木夫妻が、大金が手に入るようなことを、発見したと、知って、横から割り込んできた人間がいるんだ」

「あの三十代のカップルですか？」

「ただ、あのカップルが犯人で、鈴木夫妻が行くことになっていた、伊勢志摩旅行を奪ったのだとすると、女が、簡単に殺されたのは不自然だよ。だから、あの三十代のカップルの裏に、誰かが、いるんだ。グループかもしれないが、とにかく力があり、金もあり、自分が欲しいものは、どうしても手に入れなければ気が済まない、そういう人間が、いるような気がする」

「しかし、鈴木夫妻が、志摩半島の片田漁業協同組合と、立神に行って、円空が描いた、絵を見るつもりだったとすると、その絵ですが、すでに、よく知られているはずですよ。その絵の写真も、全部ではありませんが、こうして、借りてきました」

亀井は、十数枚の、円空が描いたと思われる仏画の写真を、机の上に置いた。

「確かに、その点は、私も賛成なんだ。円空について書いた本を、何冊も読んだのだが、そのどれにも、現在、志摩半島の片田と、立神にある円空の絵については、写真も、掲載しているんだ。つまり、この絵に関しては、秘密でも、何でもないから、これを、手に入れたとしても、高く売れるとは、考えられない」

「そうすると、鈴木夫妻は、何をするために、伊勢志摩に、行こうとしていたんでしょうか？」

「今まで、カメさんと話し合ってきて、私は、一つの結論に、達したんだ。鈴木夫妻は、土日の二日間の休みを利用して、日本じゅうにある、円空の仏像を見て歩いていた。特に、岐阜羽島や伊吹山に、二回も行っているのは、そこに、円空の仏像が、たくさんあったからだと、思う。この時、鈴木夫妻には、何事も起きていない。今度は、伊勢志摩に行くことになった。最初、この旅行は、お伊勢参りが、主な目的だと思ったが、肝心の伊勢には、一日しか泊まらず、志摩半島には、二日、泊まることになっていた。だから、伊勢参りが、目的じゃないんだ。今になって、志摩半島の、英虞湾の周辺に、円空の足跡が色濃く、残っていることがわかった。円空について書かれた本には、こんなふうに、書いてある」

十津川は、その本のページに目をやって、

「一六七四年、円空四十三歳、三重県志摩郡志摩町片田の三蔵寺で大般若経六百巻を修復し、その扉絵として、五十四枚の絵を、描いている。次には、志摩郡阿児町立神の薬師堂の、大般若経六百巻を修復する。ここでも、円空は絵を百三十枚描いている。どちらも、鈴木夫妻が泊まることになっていた、志摩グランドホテルの近くだ。ところが、この旅行に邪魔が入った。その挙句、一人の女性が、殺された。土日に、鈴木夫妻が、日本じゅうの円空の木像を、見て歩いている時には、何事も、起きなかった。それなのに、今度は、事件になった。どこが違うのかといえば、一つしか、考えられない。それまでの鈴木夫妻が、日本各地に、円空の足跡を追っていた旅行と、今回の旅行が違うのは、前の場合には、円空の仏像を、見に行っているということだ。ところが、今回は、志摩半島英虞湾の、片田と立神には、大量の絵があることだ。円空のことを書いたこの本によると、円空が描いた絵は、ほとんど、残っていないという。しかし、この片田と立神には、合計百八十四枚もの絵が残されている。いってみれば、全国で、ここだけに、円空の絵があるといってもいいんだ。その違いではないのか」

「私も、ほかの場合と、志摩半島の英虞湾の場合は、木の仏像と、絵の違いがあると思いますが、この写真集には、円空の絵が何枚か載っています。円空の絵は珍しいものかもしれませんが、決して秘密ではないし、新発見でも、ないんです。その絵のために、どうして、鈴木夫妻が行方不明になったり、女性が一人、殺されたりしたのでしょうか？　そこが、どうにも納得できませんが」

亀井が、戸惑いの顔で、いった。

「その点は同感だが、ほかに、考えようがないじゃないか」

十津川が、いう。

問題の絵が、載った写真集が、机の上に、開いて置いてある。

「この絵ですが、棟方志功に似ていますね」

と、亀井が、いった。

「カメさんもそう思うか。私も、同じことを考えていたんだ」

「ただ、似てはいますが、円空のほうは、ちょっと、粗っぽいですね。絵でいえば、デッサンですね」

「そうだよ。大般若経の裏に描いたという話もあるし、何といっても、一六七四年の、一年の間に、片田で五十四枚、立神で百三十枚の合計百八十四枚も、描いているんだ。デッサンで終わっていても、仕方がない」

「円空は、その、一年間しか、絵を描いていないのでしょうか？」

「ほかのところでは、ほとんど、見つかっていないと、本には書いてある」

「そこが何となく、不自然ですね。この絵を見ると、筆の勢いに任せて、描いている、なかなかいい絵ですよ。タッチが、棟方志功に似ていますしね。円空が、この一六七四年、四十二歳の時に、一年間しか、絵を描いていないというのは、不思議でなりません。これだけたくさんの絵を一年間に、描いているのだから、絵も好きだったはずですよ」

「もちろん、絵も、好きだったと思う」

と、十津川は、いい、写真集のあるページを開いて、

「ここに、柿本人麻呂（かきのもとのひとまろ）の木像がある。柿本人麻呂を描いた絵から、写して、この木像を造ったと、書いてある。つまり、絵と木像とを同等に、円空が、見ていた証拠じゃないかな？」

「年譜を見ていくと、ほとんどの時代に、仏像を彫っていますね」

亀井が、感心したように、いう。

「何しろ、生涯、十二万体の仏像を造ると願をかけたのだから、毎年、たくさんの木像を造っていたと、思わないといけないな。もちろん、十二万体というのは、本当かどうかわからない。何しろ、今までに見つかった木像が、五千体にも、達していないんだからね」

「円空は、一六七四年以外の時にも、絵を描いていたのではないのかと、そんな気もしてきますね」

「同感だ」

「しかし、専門的な、円空の研究家なら、実際に見つかった木像や絵以外のことについて、想像では何もいわないのではありませんか？　志摩半島の片田や立神に、百八十四枚の絵がありますが、ほかでは、円空は、絵を描いていない。専門家は、そう考えます。鈴木夫妻は、円空が好きだったが、素人だから、自由に想像を、たくましくして、どこかに、円空が描いた未発見の絵があるのではないか？　そんなふうに、考えていたとしても、不思議じゃありませんね」

「そうだな。しかし、やみくもに探しても、簡単には見つからないだろう」

「私が鈴木夫妻ならば、この年譜を、見て考えますね。一六六三年、三十二歳の時から、毎年のように、仏像を彫っています。しかし、例えば、大般若経に扉絵を描いた後の、一六七七年、翌年の、一六七八年、四十六歳から四十七歳にかけてですが、この年代記を見ても、仏像は、まったく彫っていないのです。ひょっとすると、この二年間に、円空は仏像を彫らずに、絵を描いていたのではないか。私なら、そんなふうに、考えますね」

「たぶん、鈴木夫妻も、同じように考えたのかもしれないな」

「円空の研究者は、この二年間について、どう見ているんですか？」

「本によると、この二年の間に、円空は、岐阜羽島で、観音堂を建てている。また、弥勒寺の再建に、尽くしたとあるが、この二年間に、円空は、いったい、何をしていたのだろうかと、疑問を呈する研究家も、いるんだ。さらに面白いのは、カメさんのいった仏像を彫っていない二年間の空白の後、一六七九年、四十八歳の時だが、六月十五日、岐阜県内の滝に打たれて、修行をしていた時、突然、神託を得た。これによって、円空は、生きながら、仏になったといわれているんだ」

「それは、面白いですね。私の読んだ本では、円空が、四十三歳の時、志摩半島に行って百八十四枚の絵を描いた。その後、円空の芸術が、変わったと指摘しているのです。円空自身は、この百八十四枚の絵を描いた後、自分を勧喜沙門と署名しています。つまり、絵を描きながら、恍惚の境地に入ったのではないかと、考えられるのです。問題の二年間の空白の後には、今度は、突然、滝に打たれていて神託を、受けるわけでしょう？　つまり、二年間の空白の後、円空は、また恍惚の境地に達したんじゃありませんかね。一六七四年に志摩半島の片田と立神で百八十四枚の絵を描いていて、恍惚の境地に達した。それと同じように、一六七七年、七八年の二年間にも、絵を描いていて、翌年恍惚の境地に達したのではないか。これはあくまでも、私の素人考えですが、素晴らしい絵を描いていたんじゃないか。鈴木夫妻も、私と同じように、素人の目で自由に見ているから、同じことを、考えたのではないでしょうか？」

2

「カメさんのいう通りに、鈴木夫妻が、円空が好きで、円空のことを、調べている間に、空白の二年間に、気がついた。その二年間、円空は、木像を造らずに絵を描いていたのではないかと考えて絵を探した。もし、それが、棟方志功の版画のように、素晴らしいものだったら、大変な価値がある。大変な金額で、売れるのではないかと、思ったとしよう。それは理解できる。しかし、なぜ、すでに、誰もが知っている円空の絵を見に、伊勢志摩に、行こうと計画したのだろうか？」

「そこが問題だと、私も思います。鈴木夫妻は、前にも、この志摩半島の英虞湾周辺で円空の絵を、見たことがあるのでしょうか？」

「前に、片田や立神に行って、絵を見たのかということかね？」

「それに、こうした写真集が、出ているわけですから、わざわざ、見に行かなくても、どんな絵かわかるわけですよね？」

「これから志摩に行って、写真集にある円空の絵を、鈴木夫妻が見に来たことがあるかを、調べてみようじゃないか」

と、十津川が、いった。

翌日の土曜日、十津川と亀井は、新幹線と近鉄特急「伊勢志摩ライナー」を利用して、志摩半島に行くことにした。

鈴木夫妻が、スケジュールを作り、三十代のカップルが乗った列車を、使うことにした。十時二十五分、名古屋発の、土休日運転の「伊勢志摩ライナー」である。

しかし、前回は途中の宇治山田で降りたが、今日はそのまま、終点の賢島まで、行くことにした。

賢島着十二時二十五分。

駅前の食堂で、少し遅い昼食をとった後、最初に向かったのは、片田漁港の、漁業協同組合である。ここの組合の蔵に、五十四枚の絵があるはずだった。

漁業協同組合の組合長に会って、二人は、問題の絵を、見せてもらうことにした。

大般若経に添えられて、描かれたものだけに、大般若経の教えを、絵にしたものだった。勢いに任せて描いたような絵で、明らかにデッサンである。完成した絵とは、いえなかった。

それでも、やはり、棟方志功の匂いのするいい絵だった。

十津川は、用意してきた、鈴木夫妻の顔写真を組合長に見せた。

「この夫婦が、前に、この円空の絵を見に来たことはありませんか？」

組合長は、その写真を、しばらくじっと見ていたが、

「ああ、思い出しましたよ。このご夫妻、確かにここに、見えたことがありますね」

「間違いありませんか？」

「確か、鈴木明さんと、奥さんでしょう？　名刺をいただいたから、間違いありませんよ。確か、東京の会社の、サラリーマンだとうかがいました。奥さんと一緒にいらっしゃって、自分は、円空が好きで、日本各地を歩いて、円空の木像を、見てまわっているが、ここには円空が描いた絵があると聞いたので、ぜひ拝見させていただけませんかと、そういわれたんですよ」

組合長は、その時もらった名刺を出してきて、十津川たちに見せた。

確かに、ＡＫ実業株式会社の肩書のついた鈴木明の、名刺だった。

「この絵を、熱心に見ていったんですね？」

「ええ、そうなんですがね、これは、円空さんが大般若経を補修した後で、描いたものなんですが、鈴木さん夫妻は、大般若経のほうには、まったく関心がないみたいでしたね。専ら、絵のほうばかりを、見ていかれたんですよ」

「それは、いつ頃のことですか？」

「確か、去年の十月頃じゃなかったですかね。見えられたのは、土曜日だったと、記憶しています」

と、組合長は、いった。

「その時、鈴木夫妻は、何かきいたりしませんでしたか？」

「そうですね。自分たちは、円空ファンで、円空さんの造った木像を見てまわっているが、絵は、なかなかない。ここ以外で、円空さんの絵があるところを、知りませんかと、きかれましたよ。だから、この近くの、立神の薬師堂に行かれたら、そこには、もっとたくさんの絵が、ありますよとお教えしたのですが、そのことは、ご存じのようでしたね」

と、組合長は、いった。

十津川は、礼を述べて、漁業協同組合をあとにした後、今度は、阿児町立神の薬師堂に向かった。

ここにも、去年の十月の土曜日か、日曜日に、鈴木夫妻が、円空の絵を見せてほしいと、立ち寄ったことがわかった。

「名刺をいただきましたし、円空さんの熱心なファンだということが、わかったので、特別に、お見せしました」

薬師堂の住職は、いい、十津川たちにも、同じように、その絵を見せてくれた。

こちらは百三十枚という多さである。

その百三十枚の絵を描き終わった時、円空は、大般若経の最後のところに、歓喜沙門と署名した。

円空とは書かずに、歓喜沙門と書いているのである。

円空のことを、研究している本にあったように、合計百八十四枚の絵を描き終わった時、円空は、恍惚の状態に入ったのだろう。それでわざわざ、歓喜沙門と署名したに違いない。

十津川が、片田漁業協同組合の時と同じ質問をすると、住職は、

「鈴木さんは、今、円空さんの絵を探している。ここには、百三十枚もの絵が、ありますが、どこかほかに、円空さんの絵があるところを知りませんかと、きかれましたよ。私は、知らないとしか答えませんでしたが」

と、いった。

3

二人の刑事は、薬師堂を出ると、英虞湾に面したレストランに入り、夕食をとることにした。

「鈴木夫妻が、前にもここに来て、片田漁業協同組合と立神の薬師堂で、百八十四枚の円空の絵を見ていたというのは予想通りだったが、疑問は、依然として、残ってしまうね」

英虞湾に、目をやりながら、十津川が、いった。

「そうですね。去年の十月、鈴木夫妻は、ここに来て、片田と立神で、百八十四

枚の円空の絵を見ているんです。それなのに、どうしてまた、ここに来るような、旅行計画を立てたのか、それが、わかりませんね」

「鈴木夫妻は、本当に、伊勢志摩に、来る気だったのだろうか？」

十津川は、そういって、また、海に目をやった。

「その気だったからこそ、切符を買い、『マイライフ』の編集者二人と、東京駅で待ち合わせることにしていたんじゃ、ありませんか？」

と、亀井が、いう。

だが、鈴木夫妻は、東京駅に現われなかったし、いまだに、行方不明のままである。

「鈴木夫妻の切符を、そのまま使って伊勢志摩旅行をした、三十代のカップルですが、あのカップルと鈴木夫妻の関係を、警部は、どのように、考えますか？」

亀井が、きく。

「正直いって、まだわからない。普通に考えれば、あの中年のカップルは、鈴木夫妻をどこかに監禁して、切符を奪い、鈴木夫妻の考えたスケジュール通りに、伊勢志摩を旅行した。そういうことになってくるんだが、伊勢志摩を、旅行したいためだけで、鈴木夫妻を監禁したり、切符を奪ったりは、しないんじゃないのかな？」

十津川が、自分にいい聞かせるように、いった。まだ十津川の頭の中にも、すっきりとしたストーリーは、できていないのである。

「そうですね。警部のいわれるように、ただ伊勢志摩旅行がしたいだけで、鈴木夫妻を、監禁したり、切符を、奪ったりはしないでしょうね」

「鈴木夫妻が、今、どんな状態になっているのかも、わからない。自分から失踪したのかも、しれないし、無理矢理、監禁されたのかもしれない。それが、はっきりしないんだ」

「それにです。鈴木夫妻の代わりに、鈴木夫妻の名前を使って、志摩グランドホテルに、宿泊した三十代のカップルですが、片田漁業協同組合にも、行っていないし、立神の薬師堂にも、行っていないのです。このことを、警部は、どうお考えになりますか？」

「それも、私は、謎の一つだと、思っている。三十代のカップルが、片田の漁業協同組合や立神の薬師堂に行って、百八十四枚の円空の絵を見たのだとしたら、事件の根っこには間違いなく、円空があると思うのだが、そうではないらしい。

そこが、どうにもわからないところだな」

十津川は、急に、自分の携帯を、取り出すと、前の事件で世話になった、銀座の画廊の女主人に電話をした。

「十津川ですが、円空のことは、ご存じですね？」

「ええ、もちろん知っていますよ」

「円空の絵は、どれほどの、価値があるものなんでしょうか？」

十津川が、単刀直入に、きくと、

「円空の絵ですか」

相手は、オウム返しに、いってから、

「写真集で、見たことがありますけど、棟方志功の絵に似ているんですよ。ただ、少しばかり、粗っぽく描いてあるので、もし、もっと丁寧に描かれていて、その上、色っぽさが出ていれば、高いものに、なるんじゃないかと思いますね」

「もし、それだけの条件に合った、円空の絵があったのなら、一枚、どのくらいの値打ちが出るでしょうか？」

「すでに、三百年前の人ですし、今、日本では円空といえば有名人だから、もし、今いったような条件の絵があれば、私なら二、三千万円でも買いますよ。何枚か揃っていれば、一億円出してもいいですわ」

「一億円ですか」

「でも、十津川さんは、どうして、そんなことを、私にきく気になったんですか？　まさか、円空の新しい絵を見つけたというんじゃないでしょうね？」

「実は、ある事件のことで、今、志摩半島の片田漁業協同組合と、立神の薬師堂に行って、円空の絵を、見てきたばかりなんですよ。それで、円空の絵には、どれほどの価値があるのかと、思いましてね」

「確か、その絵は、大般若経に添えるものとして描いたものでしょう？　だから、独立して、円空さんが描いた絵ならば、今もいったように、私なら二、三千万円出しても惜しくないし、何枚か揃っているのなら、一億円でも、喜んで買いますよ」

と、いった後、相手は、

「円空のことで、何か、事件が起きているんですか？」

「いや、まだ、円空に関係しているかどうかは、わからないのです」

十津川は、いい、礼をいって、電話を切った。

そのあと、十津川は、亀井に向かって、

「もし、円空の絵が、あの百八十四枚の絵のような、ただのデッサンではなくて、じっくりと、描いたものなら、一枚二、三千万円でも買うと、画廊の女主人がいっていたよ。何枚か揃えば、一億円だともいっている」

「鈴木夫妻は、そんなことも、考えていたのではないでしょうか？」

「画廊の女主人がいうには、彼女も、われわれと同じように、百八十四枚の絵を、写真集で見たらしい。棟方志功に似ているし、円空自身も有名だから、もし、市場に出れば、人気になるだろう。ただ、ああいうデッサンのようなものではなくて、完全なものだったらという条件付きなんだ」

「果たして、そういう絵を、円空は描いたでしょうか？」

「ちょっと、待ってくれ」

十津川は、ショルダーバッグの中から、円空のことを書いた分厚い本を、取り出した。

その本の、しおりを挟んでおいたページを開いた。そこには、円空が作った和歌が、何首か載っている。

「この研究者は、円空の歌について、こう書いている。円空は、生涯で千六百首ほどの和歌を作っているが、出来は決してよくない。簡単にいってしまえば、ヘタである。しかし、その和歌を読んでいくと、円空という人間の考え方や気持ちが、よくわかるともいっているんだ。円空の歌の特徴を、こう書いている。円空の歌の中に、いちばん多く使われている言葉は、玉、花、そして春だと」

「つまり、華やかな歌だというわけですね？」

「円空自身の気持ちというか、心というかが、華やかなので、好んで、この三つの言葉を使うんだろうね。この円空研究家は、千六百首の和歌の中で、次の二つの歌に注目したと書いている」

あさことに鏡の箱にかげ見えて

是ハふた世の忘れ形見に

幾度にも玉女の形移ス
　忘記念の鏡成りけり

「素人の私が読んでも、あまり、上手いとは、思えませんが、気持ちは、よく表われていますね」

と、亀井が、いう。

「確かに、上手いとは思えないが、カメさんのいうように、円空自身の心が、よく出ていると私も思う。どちらにも、鏡が出てきて、その中に、恋人の面影が映っているという歌だからね。ある意味、色っぽい歌なんだ」

「円空という人は、一生、結婚しなかったわけでしょう？　女性については、どんな考えを、持っていたんでしょうかね？」

「この二つの歌だ」

「円空は、生まれた時、父親が、わからなかったといわれている。そして、母親も、幼い時に洪水で失っている。それを考えると、円空という人は、一生を通じて、母を探していた、あるいは、女性を、探していたと、いえるんじゃないのかな。この和歌だが、忘れ形見の鏡だとか、この鏡は、あの人の、忘れ形見だというように、歌っているから、ある意味、すごく俗っぽいんだよ。仏の弟子が、作ったものとは、とても思えない」

「確かに、警部がいわれるように、二つの和歌とも、いわば、恋人の面影を追いかけているような歌ですね」

「そうなんだ。そして、一部の円空の研究者が、いちばん、問題にしている木像というのが、これなんだよ」

十津川は、写真集の中の一つを指差した。

それは、岐阜県の不動堂に、置かれている「尼僧」と題された六十センチほどの大きさの、木像だった。

「この尼僧の像を、見た人は、一様に、妖艶で、色っぽいと驚くそうだ。尼僧の像については、ひょっとすると、これは童子ではないかともいわれているが、私なんかから、見ると、これは明らかに、女だね。しかも、唇が、格好よくて、少し薄目を開けて、誘っているかのように、見える。一言でいってみれば、妖艶というのかな」

「そうですね。色っぽいですよ」

亀井も、頷いた。

「研究書によると、円空という人は、六十四歳で入定した。つまり、仏になって亡くなっていたり、四十八歳の時に、滝に打たれていて神託を、受けたりしているのだが、信仰に生きていた一方で、美しい女性を求めて、いたんじゃないかという気もするんだよ」

「改めて、そう思いながら、写真集を見ていくと、阿弥陀如来も、観音様も、妙に色っぽいですね。だからこそ、誰もが、円空が好きになるんじゃありませんか？」

「私も、そう思うね」

「鈴木夫妻も、われわれと、同じように考えて、棟方志功の、版画のような、妖艶で、喜びに包まれているような女性の絵を、描いていたんじゃないか？　そう思って、新しい円空の絵を、探していたのかもしれませんね」

「鈴木夫妻が、そう考えていたとしてだが、探していた円空の絵が、見つかったのかということだ。それとも、見つからなかったのだろうか？」

「確かに、それが問題ですね。もし、見つかっていたとして、その絵が、今、警部がいわれたように、色っぽくて、歓喜に震（ふる）えるような女性の絵だったとすれば、三百年前の、いわば、棟方志功ですからね。大金を出してでも、買おうという人が、いるかもしれませんね」

「殺人の動機には、十分なり得るな」

　これも、自分にいい聞かせるように、十津川が、いった。

「ただ、鈴木夫妻は、依然として、行方不明のままですし、これから、どこを探したらいいと思われますか？」

「そうだな」

　と、十津川は、しばらく、考えながら、持参した、円空の研究書の中にある、岐阜周辺の地図を見ていたが、

「この関（せき）に行ってみたいね。ここに、弥勒寺があるからだ」

　と、いった。

4

「例の空白の二年の間、円空は、弥勒寺の再建に、尽力したといわれていますが、その後、大正時代に入って、一九二〇年に、焼失してしまいましたよね。今は再建されていますが、ここに何かがあると、警部は、お考えですか？」

亀井が、きく。

「円空が、亡くなったのも、弥勒寺の近くの、長良川の川岸だったといわれている。そこには、円空が亡くなったという石碑が、あるそうだから、それも見たいんだ。一番私が知りたいのは、空白の二年間だよ」

と、十津川は、いった。

その日、二人は、志摩グランドホテルに一泊し、翌朝、名古屋まで出て、そこからは、タクシーを拾って、関に向かった。

弥勒寺は、長良川の近くにあった。

弥勒寺近くの、長良川沿いに、円空が六十四歳で亡くなり、仏になったという塚が、設けられている。

十津川と亀井は、弥勒寺の住職に会った。

三十代の、若い住職である。

「大正年間に、焼失した弥勒寺について、おききしたいのですが」

と、十津川が、いうと、若い住職は、

「その頃は、私も、生まれていないものですから、当時の弥勒寺については、人づてに、聞いたことしかわかりません」

と、遠慮がちに、いった。

「あの円空さんが、弥勒寺の復興に尽力されたと本で読んだのですが、それは本当でしょうか？」

「どの程度、尽力されたのかは、わかりませんが、小さなお堂を造ったのは、事実らしいですよ。それから、弥勒寺に、千体とも二千体ともいわれる仏像を集めて、飾られたとも聞いています」

「当時の弥勒寺には、仏像のほかに、円空さんの描いた絵も、あったんじゃないでしょうか？」

「絵ですか？」

「そうです。円空さんのことを、調べていくと、いわゆる円空芸術というのは、木像と絵と和歌、ですね、この三つで、成り立っているような気が、するんですよ。それから、円空さんには、空白の二年間というものがあります。今いった弥勒寺の復興に、力を尽くした二年間、四十六歳と四十七歳の二年間です。その二年間、年表によると、円空さんは木像も彫らず、和歌も作らなかった。そういわれて、いるのですが、お堂を造ったりするのに、そんなに、時間がかかったのでしょうか？」

「そうですねえ」

と、若い住職は、考え込んでから、

「円空さんというのは、一カ月で、千体もの仏像を彫ったといわれていますから、二年もの間、何も、造らなかったというのは、確かにおかしいかも、しれませんね」

「年表によったのですが、今いった、空白の二年の間、和歌は作らず、木像も彫らなかったとは、書いてあるのですが、絵を描かなかったとは、書いてないのです。ですから、この二年の間、ご住職のいわれた、お堂にこもって、円空さんは、絵を描いていたのではないかと思っているんですが、それを証明するようなものはありませんかね？」

重ねて、十津川が、きいた。

「困りましたね。そういうことは聞いていないので」

と、いいながらも、若い住職は、

「もしかすると、何か、資料みたいなものがあるかもしれません」

と、いって、庫裡に、消えた。

しばらくすると、風呂敷に一杯の、古文書を包んで戻ってきた。

「これは、大正年間に弥勒寺が焼けた時、かろうじて、持ち出された古文書だといわれています。私は、まだ、これに目を通したことがないのですが、ここで一緒に、見てみようじゃありませんか」

と、住職が、いった。

三人で、積み重ねられた古文書に、一冊ずつ、目を通していく作業を始めた。

若い住職は、古文書を、かなり読みこなせるようだが、十津川も亀井も、古文書を読むというのは、日頃、やったことのない慣れない作業で、読めない文字も入っている。

そこで、何か絵についてのことが、書いていないかどうかだけに注意して、読み進んでいくことにした。

一時間経ち、二時間が経って、だんだんと疲労が、重なっていったとき、亀井が、突然、

「これ、ちょっと気になるのですが」

と、古文書のページを開いて、十津川に見せた。

そこにあったのは、

「延宝（えんぽう）五年五月、京都にて購入」

という記述だった。

筆五本（大小）

墨二丁

朱（しゅ）

丹(に)
緑青(ろくしょう)
群青(ぐんじょう)
代赭(たいしゃ)
黄土(おうど)
胡粉(ごふん)
膠(にかわ)

朱から、胡粉までは、日本画で使う岩絵具である。

十津川は、興奮して、それを、住職に見せることにした。

「これは、日本画の絵具だと思うのですが、どうでしょうか?」

自分も、日本画の趣味があるという住職は、

「確かに、これは、日本画の絵具ですね。いわゆる岩絵具ですね。これは、水に溶けないので、にかわを接着剤に使います」

と、いってから、しばらく、その続きの文章を読んでいたが、

「円空さんは、この頃京都に行って、絵具などを、購入したみたいですね。そのお礼に、仏像を二体彫ってきたと、書いてあります。この年、京都で、三カ月間、当時の狩野派の絵師に、絵具の使い方などを、習ったとも書いてありますよ」

十津川は興奮していた。

延宝五年といえば、まさに、空白の二年間の最初の年である。

（やはり、円空は、この二年間、絵を描いていたんだ）

と、十津川は、思った。

問題は、その絵が、どこにあるのかである。大正時代の火災の時に、焼けてしまったのか？　それとも、誰にも知られずに、どこかに、埋もれているのか？

「円空さんは、この近くで、亡くなられた。いわゆる入定されたと、聞いているのですが、これは、本当ですか？」

「この寺の裏に、自然石で造った円空上人のお墓があります。円空上人という墓碑銘の下に、花押が彫られていて、七月十五日、これは、旧暦ですから、今の盂蘭盆に当たります。六十四歳で亡くなりました」

「円空さんは、ここで亡くなって、仏になったといわれていますが、仏になるためには、何か行事のようなものは、あるんですか？」

亀井が、きくと、住職は、

「これは、いい伝えですから、本当かどうかはわかりません」

と、断わってから、

「円空上人は、長良川のほとりに穴を掘らせ、節を抜いた竹を、通風筒にして、そこに立て、その後、穴の中に入って、鉦を叩きながら、念仏を唱え、断食をして、亡くなった。そういわれています。もちろん、これはいい伝えですから、真実かどうかは、わかりません」

「そうした謎めいたいい伝えが、残っているところを見れば、円空さんが、六十四歳で亡くなった時には、大変だったでしょうね？」

「ええ、円空上人は、自分は弥勒となって生まれ変わると、そう、信じておられたのではないでしょうか」

「弥勒というのは、確か、釈迦が亡くなった後、五十六億七千万年経ってから、この世に現われる、そういう仏さんですよね？」

「ええ、そうです。それが弥勒信仰です」

「この近くで、円空さんが当時、立ち寄ったお寺は、いくつか、あるのでしょうか？」

十津川が、きくと、仕職は、

「この岐阜の辺りは、もともと、円空上人の誕生の地ですからね。円空上人が彫った仏像が、置いてある寺が、たくさんありますよ」

と、いって、その寺の名前と場所を教えてくれた。

5

この周辺には、円空と関係のある寺が、百近くあった。

「どうしますか、このお寺、全部まわってみますか？」

亀井が、少しばかり、疲れた声で、十津川に、きいた。

「できれば、そうしたいのだが、この岐阜だけでも、こんなにあるんだ。日本全国を探したら、円空関係の寺が、いくつあるかわからない。そこで、今日は、一カ所だけ行ってみたいところがある」

「どこですか？」

「ここだよ」

と、いって、十津川は、周辺の地図を広げ、その一カ所を、指で指した。

この弥勒寺から見ると、北東に当たり、長良川の支流を、遡っていったところにある上之保である。

そこには、小さな文字で、不動堂と書かれてあった。

「ここに、何があるんですか？」

「前に、写真集で見た、色っぽい尼さんの木像が置かれている場所だ。円空のことを調べている人々が、皆一様に、この尼さんの像のことを、円空の木像の中では、いちばん、妖しい美しさを、秘めているというんだそうだ。妖艶だという人もいるし、自分にとって、恋人みたいなものだと、誉める人もいるからね。一度、自分の目で、この尼さんの像を、見てみたいんだよ」

と、十津川は、いった。

「われわれが、探している円空の絵もそこにあると、警部は、お考えですか？」

「いや、それは、わからないが、円空が、自分が彫った木像の中で、いちばん、妖艶な美しさをたたえている、俗っぽいいい方をすれば、色っぽい木像を彫り、それを、この不動堂に納めたということは、そこが、この木像にふさわしいと、思ったからだろう。とすれば、もし、棟方志功のような、美しさと同時に、妖しさと色っぽさを併せ持った、女性の絵を描いたのなら、その絵にふさわしい場所に、納めたんじゃないかと思うんだよ。もしかしたら、この不動堂かもしれない」

第五章　脱出・救助

1

三月も下旬となった、二十九日の夜十時すぎ、一一〇番が、かかった。

か細い女の声で、

「助けてください」

と、いう。

「どうしたんですか？　今、どこにいるんですか？」

「どこにいるのか、わかりません。暗くてわからないんです。それに、寒くて」

「今、あなたが、いるところですが、おおよそのところで、構わないのですが、わかりませんか？」

「おそらく、東京の、奥多摩だと思うんです」

「奥多摩は、間違いありませんか？」

「車で、連れてこられたので、よくわかりません。たぶん、奥多摩の山の中だと、思います」

「あなたが、今、いるところから、何か見えますか？　例えば、人家の灯りとか、そういうものですが」

「辺りは、真っ暗で、何にも、見えません。早く、助けに来てください。主人も、探してほしいんです」

「ご主人と、一緒なのですか？」

「いえ、主人は、どこかへ、連れていかれて、今、ここには、私一人です」

「落ち着いて、ゆっくり、話してくださいね。まず、あなたのお名前から、お聞きしましょうか？」

「鈴木京子です。年齢は、六十歳です」

「ご主人の名前は？」

「鈴木明です。年齢は、私と同じ六十歳です」

「お二人とも、誰かに監禁されて、そこまで、連れていかれたのですか？　そういうことですか？」

「ええ、車に乗せられて、ここまで、連れてこられたんです。主人が、どこかへ、連れていかれそうになって、私が、その隙（すき）に、逃げ出したんです。だから、一刻も早く、私を見つけてください。そして、主人も、助けてください」

「携帯から、一一〇番してるんですね？」

「ええ、そうです」

「あと、どのくらい、電池が、持ちそうですか？」

「それも、よく、わかりません」

「そうですか。では、こうしましょう。今、あなたは、周りが真っ暗で、どこにいるのか、わからないと、いわれました。そうだと、こちらから探すのも大変です。ですから、いったん電話を、切って、夜が明けるまで、そこで、じっと、動かないでください。夜が、明けたら、もう一度、あなたがいる周りの景色を、教えてくだされば、こちらから、ヘリコプターを飛ばして、あなたを、探します。

とにかく、夜が明けるまで、頑張ってください」

夜が、明けてきた。

警視庁の多摩指令センターから、昨日、電話を受けた安藤という担当官が、女から聞いた携帯の番号に、かけてみた。

女が、電話に出た。

「昨日、一一〇番された、鈴木京子さんですね？」

「ええ、そうです」

昨日よりも、また、少し声が、掠れているような気がした。疲れたのか。

「大丈夫ですか？」

「ええ、何とか」

「今、周りに、何が見えますか？」

「林の中なんです」

「じゃあ、その林を出てください」

「でも、怖いんです。犯人に見つかったら、また、監禁されてしまいます。殺されるかもしれません」

「しかし、あなたが、林の中にいたのでは、こちらから、探せないのですよ。勇気を出してその林を出て、なるたけ、高いところへ移ってくれませんか？」

急に、女の声が、聞こえなくなったので、ハッとしたが、すぐまた、女の声が戻ってきた。

「今、林から出ましたけど、どうしたらいいんですか？」

「そこから、何が、見えますか？」

「富士山が見えます」

「どっちの方向に、富士山が、見えるんですか？」

「方角は、わかりません。磁石を、持っていませんから」

「じゃあ、太陽は、どっちに見えるか、わかりますね？　その太陽と、同じ方向に、富士山が見えるのですか？　それとも、反対方向ですか？」

「反対方向に、富士山が、見えます」

「じゃあ、あなたから見て、富士山は、西に見えているということに、なりますね。そのほかに、見えるもの、あるいは、聞こえるものはありませんか？」

「水の音が、聞こえます」

「おそらく、近くに、川が流れているんですよ」

「いいえ、川じゃありません。もっと、大きな水の音です」

「それは、滝の音かもしれませんよ。その音の方向に、歩いていってください」

「大きな滝が、見えました」

「そこまで、歩いていけそうですか?」

「とても、遠い感じだし、道がわかりませんから、行けないと、思います」

「頭の上には、何かありますか?」

「いいえ、空があるだけ」

「そこで、動かずに、じっとしていてください。これから、ヘリコプターを、飛ばします。あなたが今、どこにいるか、大体の想像が、つきましたから、大丈夫です。すぐに、助けに行きますから、動かないでくださいよ」

2

東京湾の、埋め立て地にある、警視庁のヘリポートに、十津川と亀井が、来ていた。

多摩指令センターから、鈴木京子という、六十歳の女性から、助けてくれという一一〇番があったと、聞いたからである。

鈴木京子というのは、平凡な名前で、どこにでも、いそうな名前だが、夫の名が、明ということもあり、十津川は直感的に、行方不明に、なっている、あの鈴木夫婦の、妻の京子だろうと、考えた。

それで、亀井と二人、ヘリに、同乗して、彼女を探すことに、したのである。

今、鈴木京子がどこにいるのか、大体の場所を、教えてもらっている。十津川は、印のついた、奥多摩の地図をパイロットに、渡した。

西に富士山が見え、大きな滝の音が聞こえてくる場所。一一〇番の担当者は、その滝は、たぶん、払沢(ほっさわ)の滝だろうと、いっていた。

地図で見ると、払沢の滝は、奥多摩で、いちばん大きな滝で、秋川(あきかわ)渓谷にある。

とにかく、その方向に、ヘリを飛ばしてもらうことにした。

奥多摩に、近づいたところで、十津川は、一一〇番の指令センターから聞いた、鈴木京子の携帯に、かけてみた。

すぐ、応答があった。

「鈴木京子さんですね？」

十津川が、語りかける。

「ええ」

「あなたのご主人は、鈴木明さんですね？」

「ええ、そうですけど」

「今から、あなたを、助けに行きますが、今もそこから、滝が、見えていますか？」

「ええ、見えています」

「どんな滝ですか」

「どんな滝って、ずいぶん、大きな滝ですけど」

「何段になって、その滝は、流れ落ちていますか？」

「何段？」

相手は、きき返した後、少し間を置いて、

「ここからは、四段に、見えますけど」

「それならば、間違いなく、奥多摩で、随一といわれる、払沢の滝です。あなたが、いるところから見て、今、西に、富士山が見えるのですよね？」

「ええ」

「その富士山と、払沢の滝との、関係ですが、しっかりと、西側に、富士山が見えて、それから、何度くらいの角度で、滝が、見えていますか？」

「一〇〇度くらいでしょうか、北のほうに見えますけど」

「あなたのいる、大体のところが、わかりました。これから、その地点に、急行します。こちらのヘリが、見えたら、すぐ、私の携帯にかけてください」

十津川は、相手に、自分の、携帯の番号を教えた。

下界は、山になってくる。林や細い渓谷が、山の間に、見えてきた。

ヘリは、進行方向の右手に、問題の滝を見て飛んでいく。

急に、十津川の携帯が、鳴った。

耳に当て、

「鈴木京子さんですね？」

「ええ」

「こちらのヘリが、見えましたか？」

十津川と亀井は、必死になって、地上に、鈴木京子を探した。

が、なかなか、見つからない。

「五百メートルまで、降下してください」

と、十津川は、パイロットに頼んだ。

「今、こちらのヘリが、見えていますか？」

「ええ、見えています」

「どんな具合に、見えているのですか？　だんだん、近づいてくるように、見えますか？」

「ええ、見えますけど。ああ、また、遠ざかっていきます」

「引き返してください」

十津川が慌てて、パイロットに、いった。

ヘリは、大きく旋回して、引き返していく。

「どうですか？　こちらのヘリが、近づいてくるように、見えますか？」

「ええ、どんどん、近づいてきます」

「警部、見つけましたよ」

亀井が、怒鳴(どな)るように、いった。

「ホバリングしてください」

十津川が、パイロットに、指示した。

双眼鏡で、亀井が指差す方向に、焦点を合わせた。よく、見ると、相手は、標高五百メートルくらいの山の中腹地帯で、大きく、手を振っている。

パイロットも、地上で手を振っている女を確認した。

「あの場所に、ヘリを、着陸させることができますか？」

亀井が、きいた。

「いや、ちょっと、無理ですね。斜面になっていて、風も強いから、着陸は、無理だと、思います」

「じゃあ、可能な限り降下して、そこで、ホバリングをしてください。われわれ二人が、ロープで、地上に降ります」

「その後は、どうするんですか？」

「地図がありますから、彼女を連れて、民家のあるところまで、歩いていきますよ」

十津川が、いった。

パイロットは、ヘリを、地上二十メートルくらいまで降下させ、ホバリングしてくれた。

十津川と亀井は、長いロープを垂らし、それをつたって、山の斜面に、降りていった。

何とか地上に、降り立った十津川と亀井は、ヘリに向かって、帰ってくれるように、合図をした。

その後、ヘリが、巻き起こした風を、受けるように、しゃがみこんでいる女に、向かって、近づいていった。

「鈴木京子さんですね?」

十津川が、声をかける。

十津川の声を、聞くと、やっと、顔を上げて、鈴木京子は、立ち上がったが、そのまま、よろめいて、もたれかかってきた。

「これから、民家のあるところまで、あなたを、連れていこうと思うのですが、歩けますか?」

「わかりません。何だか、体も心も、疲れ切っちゃって」

「それなら、私に、おぶさってください」

十津川は、彼女に、背中を向けた。

京子は、コートを着ているのだが、そのコートも、泥で汚れてしまっている。

十津川は、彼女を背負って、歩き出した。途中で、亀井と交代した。

三人は、斜面に向かって、山を下りていった。

川が、見えてくる。

川沿いに、旅館が、あった。

玄関のところに、川魚料理という看板が、かかっていた。中を覗くと、泊まり客はいないのか、静かである。

十津川は、そこの女将に、奥の部屋で、しばらく、鈴木京子を、寝かせてもらえるように頼んだ。

「疲れているでしょうから、何時間か眠ってください。われわれは、こちらの、土間のほうで、休んでいますから」

十津川は、京子に向かって、いった。

女将が、奥の部屋で、鈴木京子を休ませている間、十津川と亀井の二人は、囲炉裏端で、お茶を、ご馳走になった。

「あの方、どうなさったんですか？」

女将が、十津川に、きく。

「布団を敷いて、休ませてくれましたか？」

「ええ、ずいぶん疲れているみたいで、横になったら、すぐ、寝息を、立てていらっしゃいましたよ」

「助かりました。起きたら、食事の用意をしてください」

十津川は、女将に、頼んだ。

六時間くらいして、鈴木京子が、やっと、起きてきた。

顔を洗ったらしく、山の中で、発見した時とは、別人のように、目が光っていた。

一カ月近くも、監禁されていたにしては、意外に、元気そうに、見えた。精神的には、大変だったろうが、肉体的には、比較的自由だったのかも、しれない。

十津川には、小さな違和感が、芽生えた。だが、それも、すぐに消えた。

「助けていただいて、本当に、ありがとうございました。そのお礼も、いわないで、勝手に寝てしまって」

京子が、頭を下げる。

「構いませんよ。お腹が減ったでしょうから、旅館の人に頼んで、今、食事を、作ってもらっています。この囲炉裏端で、それを、食べながら、話を聞かせて、もらえませんか？」

と、十津川が、いった。

3

ゆっくりと、食事をとりながら、十津川が、京子にきいた。

「私たちが知っているのは、あなたと、ご主人の鈴木明さんが、三月一日から伊勢志摩に、旅行に行くことになっていた。ところが、当日になって、あなた方の代わりに、三十代のカップルが、その切符を使って、伊勢から、志摩半島の旅をした。その後、そのカップルの、女性のほうが、遺体で発見された。それで、私たちは、この殺人事件を、担当して、捜査に当たっていたのですが、いちばん気になったのは、あなた方、ご夫婦が、いったい、どこへ、行ってしまったのかということでした。よかったら、話してもらえませんか？」

「どこから、お話ししたら、いいんでしょうか？」

「三月一日に、ご夫婦で、伊勢志摩旅行をするはずだったのに、どうして、行けなくなってしまったのか、まず、それから話してくれませんか？」

「お話しする前に、主人が、連中に、捕まってしまっているんです。何とか、探していただけませんか？」

「その点は、大丈夫です。今、捜査一課の刑事たちが、一斉に、奥多摩に入って、探しています」

と、十津川は、いってから、

「そのうちに、ご主人も、見つかると思いますよ」

と、いった。

それを聞いて、安心したのか、京子が改めて、三月一日のことを、話し始めた。

「私たち夫婦は、『マイライフ』という雑誌が、典型的な六十歳の夫婦を募集しているということを知ったので、それに、応募してみたんです。私たちこそ、日本で、いちばん平凡な夫婦じゃないかと、思いましてね。幸いにも、選ばれて、『マイライフ』の編集長から、どこか、旅行したいところは、ありませんかときかれたので、私は主人と相談して、昔から、お伊勢参りが、夢だったので、主人と二人、三泊四日で、お伊勢参りがしたいと、そういったのです。すると、『マイライフ』の有田編集長から、今どきの、日本人が、お伊勢参りに憧れるのは面白いから、ぜひとも、同行して取材したいといわれたのです。私たちも、一緒に、お伊勢参りするつもりだったのに、前日になって、突然、三人の男が、家に、押し入ってきて、ナイフと拳銃で脅かされて、夜遅く車に乗せられて、運ばれてしまいました。その上、お伊勢参りのために、用意した切符まで、取り上げられて、しまったんです。今、刑事さんがいった、三十代のカップルというのは、私たちから取り上げた切符を、持って、お伊勢参りに、行ったんだと思います」

「その通りですよ。あなたと、ご主人を、力ずくで、誘拐した三人ですが、前に、会ったことのある男たちですか？」

「いいえ、私は、会ったことがないし、主人も会ったことがない男たちだと、いっていました」

「今日まで、どこに、いらっしゃったんですか？」

「ずっと、車の中に、監禁されていたんです。目隠しをされていたので、数時間、走ったとは思うのですが、どこに、連れていかれたのか、わかりません。大きなキャンピングカーみたいな車でしたから、三人の男たちも、車の中で、寝起きして、食事をしていました。私と主人にも、食事を作ってくれましたが、時には、コンビニで買ったような、菓子パンと牛乳を、与えられました」

「昨日、犯人の目を盗んで、逃げ出したんですね」

「主人が、新しく来た別の車に、移されてしまったんです。そのまま、主人を乗せた車は、どこかへ、消えてしまいました。三人いた男たちの二人が、そっちの車に乗って、消えてしまったので、私は、一人だけになった犯人の目を、盗んで、車から逃げ出したんです。何とか、逃げられましたけど、場所が、わからなくて怖くて。ただ、犯人たちが、使っていた携帯を一つ、盗んで持ってきたので、それを、使って一一〇番したんです」

「それが、この携帯ですね？」

「ええ、そうです」

「これは、プリペイドの携帯ですね。持ち主も、どういう会話を、ほかの人たちとしたのかも、わからない」

悔(くや)しそうに、亀井が、いった。

食事が済み、女将が出してくれたお茶を飲みながら、十津川は、

「これから、どうしますか？　三鷹の自宅に帰りますか？」

「でも、主人のことが心配で」

「さっきもいったように、捜査一課の刑事たちが、探していますから、その点は、大丈夫ですよ。ご主人は、もし、逃げ出したりできていれば、きっと、自宅のほうに、連絡してくると思うんです。あなたは、自宅に、帰っていたほうがいいと、私は、思いますよ」

十津川が、いった。

十津川と亀井は、連絡を入れておいた、青梅(おうめ)署のパトカーで、京子を、三鷹の自宅まで送ることになった。

亀井が助手席にすわり、十津川は、後ろの席に京子と一緒に腰を下ろし、さらに続けて、話を聞くことにした。

「あなた方ご夫婦が、行方不明になってしまったので、あなた方のことを、調べれば、行き先がわかるかと思って、調べましたよ。土日を利用して、お二人は、円空のことを調べていらっしゃったようですね？　岐阜や志摩に行ったりして、円空の木像や、円空の描いた絵などを見てまわって、いらっしゃった。これは、間違いありませんね？」

「間違いありませんけど、あくまでも、主人と私の、趣味みたいなものですから。円空のことを、研究しようなんていうことでは、なくて、円空さんの彫った、木像が好きで、二人で、いろいろなところに、見にいったんです」

「お二人で、伊勢志摩めぐりをしようとした計画も、やはり、円空が、絡んでいるんですね？」

と、十津川が、いうと、えっという顔で、京子が、黙ってしまった。

「違いますか？」

「本当は、志摩半島にある、お寺なんかに行って、円空さんの木像や、珍しい円空さんの絵を、見ようと思っていたんです」

「やっぱり、そうですか。お伊勢参りというのに、伊勢よりも、志摩半島のほうに滞在する日数が多いので、そんなことではないかと、思っていたんです。志摩半島の片田にある、漁業組合には、円空の珍しい絵があるので、その絵を、見に行こうと、されたんでしょう？」

「でも、別に、円空さんの絵だけに、興味があるというわけじゃありません。たくさん造られた木像のほうにも、もちろん、興味があるんです」

「お二人を誘拐し、監禁した三人の男ですが、彼らにも、三月一日からの旅行の目的を、話したんですか？」

「ええ、話さなければ、殺されそうだったから、話してしまいました。志摩半島の漁業組合のほうに、円空さんの絵が、あるというので、それも見たかったし、同じ志摩半島の薬師堂というお寺には、円空さんの絵もあるし、木像もあるので、それを、見に行きたかったんです」

「でも、前に、ご主人と二人で、行っていらっしゃいますよね？」

「………」

「実は、私も、亀井刑事と二人で、志摩半島に、行ったんですよ。あの漁業組合と、薬師堂に行きましてね。あそこには、円空としては、珍しい、木像ではない絵が、たくさんあることに、気がつきました。あなたも、ご主人も、円空の絵が、珍しいので、前にも、見に行ったし、今度も、見に行こうと、狙っていたんじゃありませんか？」

十津川が、きいたが、京子は、黙ったままだった。

「それでは、もう一度、おききしますが、家に押し入ってきて、お二人を、連れ去った三人の男ですが、どう考えても、前に、会ったことのない人間でしたか？」

「ええ、私も、見たことがない三人だし、主人も、見たことがないといっていました。間違いありませんわ」

「その男たちは、あなた方夫婦に、向かって、何のために、伊勢志摩に行くのかときいたのでは、ありませんか？」

「ええ、きかれました。最初、主人は、自分は、日本人だから、お伊勢参りに行ってみたい気持ちになった、どこかおかしいのかねといって、犯人に、きき返したんですけど、三人の男が、理由は、それだけじゃないだろう？　お伊勢参りが、旅行の目的なら、伊勢に一泊、志摩半島のほうに、二泊という日程は、おかしいのではないのかと、いうんですよ。その上、三人は、拳銃を持っていました。おそらく、改造拳銃だと思うんですけど、拳銃で、脅かされて、私たちは、お伊勢参りに行く本当の目的を、話してしまいました」

「どんなふうに、三人の男には、話したんですか？」

「私たち夫婦は、二人とも円空が好きで、日本じゅうを、土日にかけて旅行して、円空の彫った木像を見て、まわっていた。そんな中で、円空が、珍しく、百枚を超す絵を描いている。その絵が、志摩半島の、漁業組合に残っている。近くの、薬師堂にも残っているので、前に、見に行ったのだが、今度は丁寧に、見たくなって、それを、見に行くことにしたんだと、話しました」

「犯人たちは、何か反応を示しましたか？」

「三人で、顔を見合わせて、黙って頷いていました。だから、あの三人は、前々から、私たち夫婦が、円空さんに興味を持って、日本じゅうを歩いている。それも、土日を利用してまわっているのを、知っていたんだと思います」

「三人の男たちは、どうして、あなた方夫婦を誘拐し、監禁したのだと、思いますか？　お二人を、そんな目に遭わせる理由が、何か、わかりましたか？」

「そうですね。最初は、身代金目当ての誘拐かなと、思ったのですけど、誘拐について、話したことはないんです。それに、私たち夫婦の身代金を、要求している気配も、ありませんでした。その上、私たち夫婦の、伊勢志摩めぐりのプランを、やたらと、熱心に見ていましたし、私たちに、きいていましたから、私たち夫婦が土日を利用して、円空めぐりをしていたのを知って、誘拐したのではないかと、そんなふうに、思いました」

「なるほどね」

十津川が、頷く。

十津川と亀井は、鈴木京子を、自宅で降ろした。

犯人たちが、逃げた京子を、奪い返しに来ることを、心配して、十津川は、三上本部長に、電話を入れ、四人の刑事を寄越してくれるように頼んだ。

そのあと、十津川と亀井は、浅草署の捜査本部に、戻った。待ち受けていた三上本部長が、

「鈴木京子は、無事に、助け出したんだな？」

「今、車で、自宅まで、送ってきました。また、誘拐されては困るので、四人の刑事を、家の中二人と、外に二人、護衛につけました」

「鈴木夫妻を、誘拐したのは、どんな連中なんだ？」

「残念ながら、今のところ、よくわかりません。誘拐された鈴木京子も、見覚えのない顔だと、いっています」

「しかし、鈴木夫妻が、大金を持っているという話も、聞いたことがないし、犯人たちは、何のために、鈴木夫妻を、誘拐したのかね？」

「おそらく、鈴木夫妻が、前々から、土日を利用して、日本じゅうを旅して円空の木像を、見て歩いた、そのことが、関係していると、思います」

「犯人たちが、鈴木夫妻を、誘拐したのも、円空が、原因と思っているのかね？」

「あの鈴木夫妻は『マイライフ』という雑誌が、日本の典型的な、夫婦ということで選んだのです。確かに、生き方も、結婚の様子も、二人の子供が、いることも、典型的な、平凡な夫婦像ですから、あの夫婦を、採用した『マイライフ』の目は、確かだと、思いますね。ただ、『マイライフ』の有田編集長も、そのほかの編集者も、鈴木夫妻が、土日を利用して、円空という、天才的な人間の木像を見て歩いている。特に、円空の絵に興味を示して見てまわっていたことは、知らなかったと思います。だから、鈴木夫妻のほうから、お伊勢参りが、したいといわれた時、純粋に、お伊勢参りに行くものと思って、『マイライフ』の編集者も、二人、同行させて、鈴木夫妻の旅行を、写真に撮り、雑誌に載せようとしたのだと思いますね。ところが、鈴木夫妻の関心は、お伊勢参りではなくて、志摩半島のほうに、あった。だから、何者かが、鈴木夫妻を、誘拐したと、私は考えています」

「鈴木夫妻は、円空の作品でも、特に、点数の少ない絵のほうに、興味を持った。君は、そう、断定しているが、間違いないのかね？」

「鈴木夫妻のことを、調べてみますと、やたらに、土日を利用して、岐阜に行ったり、滋賀に行ったりして、円空の木像を、見て歩いているんです。今も、申し上げたように、円空の絵を欲しがっていた。つまり、今までに発見された、円空の木像や、絵画は、寺などの、展示品になっていますから、金になるとは、思えない。そこで、鈴木夫妻は考えたと思うのです。円空の仏像は、今までに、何千点も見つかっていますが、円空の絵のほうは、志摩半島の、漁業組合と、薬師堂というお寺にしか、残っていません。今、新しく、円空の絵が発見されたら、それは、とてつもなく、高価なものになるだろう。鈴木夫妻は、そう考えたと思うのです」

「大金になるような、円空の絵が、本当にあるのかね？」

「だからこそ、鈴木夫妻は、何者かに誘拐されたのだと、思いますね。鈴木夫妻は、銀座の旅行会社で、昨年十月、飛驒高山への切符を、手配しています。ですが、この時、円空の絵が、急に、手に入ることになり、予定を変更して、志摩半島へ、行ったのでしょう」

十津川は、地元の、警察署の協力を得て、鈴木京子が、発見された周辺を、捜索した。

彼女の証言によれば、あの辺りまで、車で運ばれ、もう一台の車が到着し、夫の鈴木明が、そちらの車に乗せられたと、証言していたからである。

丸二日間、四十八時間にわたって捜索が続けられたが、鈴木明も、犯人も、二台の車も、発見されなかった。

十津川は、亀井と、その結果を、鈴木京子に、知らせに行った。

家に入っていくと、『マイライフ』の有田編集長が、来ていた。

「私が知らせたんです」

と、京子が、いった。

「いけませんでしたか？」

「いや、構いませんよ」

十津川は、いい、四十八時間、奥多摩の周辺を、捜査したが、ご主人は、見つからなかったと、報告した。

「主人は、どうされたんでしょうか？　どこへ連れていかれたんでしょうか？」

京子が、十津川に、きく。

有田編集長は、十津川に向かって、

「今、京子さんと、いろいろ話していたんですが、やっぱり、今回の事件は、円空に関係あるんでしょうか？」

「鈴木さん夫妻のことを、いろいろと、考えてみると、『マイライフ』の編集長の、あなたが、これからの高齢化社会を考えていく上で、一つのモデルとして、採用したのは、お二人が、典型的な、六十歳だと思ったからでしょう？」

「ええ、確かに、そうなのですが、こんな事件に、巻き込まれるとは、思っても、みませんでした」

「私たちが、調べた範囲でも、鈴木さん夫妻は、どう考えても、事件に、巻き込まれるような人じゃありません。唯一、ほかの六十歳のご夫婦と、違っていたのは、円空に夢中になっていたということですよ。円空の仏像や、あるいは、円空の描いた絵を、見にいっていた。そのことしか、ないんですよ。今、有田さんが、いったように、鈴木さん夫妻が、事件に巻き込まれたのは、円空のせいだと、私も思っています。それも、円空の仏像ではなくて、円空が描いた絵のほうではないか。そう思っているんです」

「今、円空の新しい絵が、発見されたら、かなりの貴重品、高価な絵と、いうことになると思いますね」

有田は、十津川にいった後、今度は、京子に、向かって、

「ご主人とお二人で、新しい円空の絵を、発見されたんですか？」

と、きいた。

「私も、それを、知りたい」

十津川が、つけ加えた。

京子は、小さく首を、横に振って、

「私も、主人も、円空さんの、新しい絵が見つかれば、面白いし、楽しいだろうなと、思って、探しましたけど、見つかりませんでした」

「そのことは、誘拐、監禁した三人の男にも、いったんですか？」

と、十津川が、きく。

「ええ、もちろん、いいました」

「しかし、信じなかったんですね？」

「その時、私と主人が、お伊勢参りに行く計画を、立てていたので、おそらく、犯人は、円空さんの新しい絵を、見つけたか、探しに行くかの、どちらかだろうと、思ったに違いありませんわ」

十津川は、用意してきた、一枚の写真を、京子と有田の前に、置いた。鈴木夫妻の代わりに行った三十代のカップルの、男と女の写真だった。

「あなたを誘拐監禁した三人の男の中の一人と、この写真の、男が、似ていませんか？」

「いいえ、違います」

あっさりと、京子が否定した。

「写真の二人ですが、あなた方ご夫妻の、切符を使ったり、あなた方が、予約しておいた伊勢の宿と、志摩半島のホテルに泊まったのですが、片田の漁業組合や薬師堂に行ったりは、していないのです。その理由は、想像できますか？」

有田が、京子に、きいた。

「想像は、つきますわ。片田の漁業組合と、薬師堂に、円空さんの描いた絵があることは、いろいろな本にも、書いてありますし、私たちも、見てきています。私と主人を誘拐監禁した犯人たちは、私たちが、円空さんの新しい絵を、発見したと信じ込んでいて、それを手に入れるのが、目的だったと思うのですよ。ですから、片田の漁業組合や、薬師堂にある、すでに、わかっている円空さんの絵には、関心が、なかったのではないでしょうか？」

「確かに、そうですね。だから、問題の写真のカップルは、志摩半島のホテル周辺を歩きまわって、円空の新しい絵がないか、探していたんでしょうね。あなた方から、きき出せないかも、しれないし、自分たちで、円空の、新しい絵を見つけられれば、それに越したことは、ありませんからね」

と、有田がいった。

今度は、京子が、十津川に向かって、

「この写真のカップルですけど、女性のほうが、殺されたわけでしょう？　彼女が、どうして、殺されたのか、十津川さんには、想像がつきますか？」

「普通に考えれば、仲間割れということでしょうね。本当の理由は、わかっていません」

一瞬の間を、置いてから、京子はまた、

「私が今、いちばん心配なのは、主人のことなんです。犯人たちは、主人を、殺したりしないでしょうか？」

「今のところ、犯人たちが、ご主人を、殺すことはないと、思いますよ」

十津川が、答えた。

「どうして、大丈夫といえるんですか？」

「犯人たちが、お二人を、誘拐監禁したのは、新しい、円空の絵を手に入れて、それで、儲けようとしているからと考えられます」

「でも、私も主人も、円空さんの、新しい絵は発見してないんですよ。本当に、そういう絵があるかも、わかりませんし、あったとしても、それが、どこにあるのかも、わかっていないんです」

「しかし、犯人たちは、きっと、お二人が、円空の新しい絵を、発見したと信じているんですよ。だから、お二人を、誘拐したり、監禁したりしたんです。誘拐監禁の実行犯たちと、伊勢志摩に行ったカップルは、仲間に違いないんです。カップルを行かせたのは、お二人の、プラン通りに動いて、円空の新しい絵を、探すこと、失踪したことが、わかるのを、少しでも、遅らせるためでしょう。すべて、お二人が、円空の新しい絵を発見した、そういう前提に、立っているのではないかと、思われるのです。ご主人が、黙っていれば、なおさら、お二人が、円空の新しい絵を、発見したと信じた、と思うのですよ」

「犯人たちは、別の車に主人を乗せたんです。どうして、そんなことを、したんでしょうか？」

「たぶん、犯人たちは、お二人を一緒にしておくと、かばい合って、本当のことを、しゃべらないに違いない。そう思って、お二人を、バラバラにした。私は、そう思いますね。一人一人にすれば、本当のことを、しゃべるのではないか。犯人たちは、そう思ったんだと、思いますね」

十津川が、いうと、有田編集長も、

「おそらく、そうでしょうね」

と、頷いた。

「じゃあ、今頃、主人は、円空さんの新しい絵を、どこで、発見したのかと、責められているんじゃありませんか？」

「残念ながら、その恐れがありますね」

「でも、私も主人も、円空さんの、新しい絵なんか、見つけていないんです。それがわかったら、主人は、殺されてしまうんじゃありませんか？」

「繰り返しますが、犯人はあなた方が、円空の絵を発見したと信じています。信じていなければ、お二人を、誘拐したり、監禁したりはしませんからね。ご主人が、円空の絵なんか知らないと、いい続ければいい続けるほど、円空の新しい絵が、どこにあるかを、知っていると、思い込みます。そう思い込んでいる限り、ご主人は、殺されませんよ」

「でも、いつかは、主人が、円空さんの新しい絵のことは、何も知らないと、犯人たちに、わかってしまうんじゃないでしょうか？　そうなったら、殺されてしまうかもしれません。何とかして一刻も早く、主人を、助けてください」

京子は、すがるような目で、十津川を見た。

「そのためにも、誘拐犯の三人の男について、思い出せる限りのことを、話していただけませんか？　何か、ヒントが、見つかるかもしれませんから」

十津川は、京子に向かって、いった。

4

鈴木家のリビングルームで、京子を真ん中におき、十津川と亀井、そして、「マイライフ」の有田編集長も、加わって、鈴木夫妻を誘拐、監禁した三人の男について、さらに、話し合うことになった。

「問題の三人ですが、顔を隠しているとか、変装しているとか、そういうことはなかったですか？」

亀井が、きいた。

「覆面をかぶっているということはありませんでしたけど、いつも、サングラスをかけて、それに、つけ髭みたいなものを、つけていたような気がするのです。カツラをかぶっていた人も、いたみたいでしたわ。目隠しが取れてから、三人の犯人の顔を、何とかして、覚えようと、じっと見ていたんですけど、途中から、これは、素顔じゃないなと思って、やめることにしました。もし、あのままの顔を、素顔だと思って、覚えてしまうと、あとで困りますから」

と、京子が、いった。

「年齢は、想像がつきましたか？」

「おそらく、三十代から四十代じゃないかと思います。十代とか二十代とか、そんなに若くはなかったし、私たちみたいに、六十代ということは、なかったと思います。動作が機敏でしたから」

「言葉遣いなどは、どうでした？」

有田編集長が、きいた。

「そんなに、乱暴じゃありませんでした。普通の話し方と、いったらいいかしら。

かなり学歴は高いと、私は思いましたし、主人も、そんなことを、いっていましたから」

「職業は、想像つきましたか？」

十津川が、きいた。

「犯人の職業ですか？」

「ええ、そうです。普段は、どんなことをやっている人間だと、思いましたか？」

「円空について、とても、詳しい人たちでした。円空だけではなくて、その時代の、ほかの彫刻家や、画家のことなんかに、詳しい知識を持っていました。その中の一人が、やたらに、これなら、いくらになるだろうとか、いくらなら買えるだろうかみたいな、話をするので、その人は、たぶん、骨董商か、画商じゃないかと、思いましたけど」

と、京子は、いう。

「監禁されている間、犯人たちとそんな話をしていたんですね？」

「ええ、主人が、犯人たちとそんな話をしてました」

「もう少し詳しくお願いします」

「円空さんの、新しい絵があったら、それも、デッサンとかではなくて、彩色された絵だったりしたら、いくらくらいに、なるのかとか、あなたはそれを売るつもりかとか、持っているなら、いくらで売るつもりかとか、そんな話もしてたんです。だから、犯人の一人は、円空さんの、研究家というよりも、商売人じゃないかと思いました」

「つまり、画廊を経営している人ということですか？」

「ええ、そうです」

「しかし、画商だったり、絵や彫刻の売買を、やっている人間だとすると、欲しい絵や、彫刻を手に入れようとして、鈴木さん夫妻を、誘拐、監禁したりなどは、しないいんじゃないかな」

「そうかも、しれませんけど、私も主人も、いきなり、忍び込んできた、その人たちに、銃やナイフで、脅かされて、誘拐、監禁されたんです。円空さんの新しい絵を、どこで、見つけたんだと、責められたんですよ。もし、犯人たちが画廊を経営している商売人だとしても、話し合いで、私たちから、円空さんの新しい絵を手に入れようとするよりも、力ずくで、手に入れようとしているのは、はっきりしているんです。そういう商売人も、いるんじゃありませんか？」

と、京子が、いった。

今度は、有田が、十津川に、

「どうですか、そういう、商売人もいますか？　お金では、なかなか、手に入らないような、例えば、円空の新しい絵などを、何としてでも、力ずくで、手に入れようとする画商もいますか？」

「そうですね。どうしても、円空の新しい絵が欲しいのに、自分たちに、売ってくれそうもない。となると、力ずくで、手に入れようとするかも、しれません」

とだけ、十津川は、いった。

「もし、今、未発見の円空の絵、それも彩色された絵が、見つかったとしたら、画商たちは、いくらぐらいで、その絵を買い入れようとするものですかね？」

「私も、同じことを考えて、知り合いの、画商に、きいてみました。そうしたら、こういう答えでした。円空は今、日本では、誰にでも知られているし、彫刻された、木像のほうは、四千体以上、発見されているので、それほど、欲しいとは、思わないかもしれないが、円空の描いた絵、それも、棟方志功のような色気のある絵だったならば、絶対に欲しがる人がいる、かなりの高額でも、手に入れようとするだろう。そういう、返事でした。鈴木さん夫妻を誘拐、監禁した犯人たちが、暴力に訴えてまで、円空の新しい絵を、手に入れようとするのも、無理もないと思ってしまうのです。もちろん、犯罪はよくありませんし、殺人は、さらにいけない。犯人が、見つかれば、容赦なく逮捕しますよ」

十津川は、有田編集長に、いい、鈴木京子にも、いった。

「私の考えを、聞いてください」

有田が、いった。

「鈴木さん夫妻を誘拐、監禁した犯人たちですが、画商ではないかという意見が、今、出ました。しかし、彼らの背後に、姿を見せないスポンサーがいるんじゃないか、そんな気がして仕方がないんです。自分の欲しい絵や、彫刻があると、どんな手段を使っても、手に入れるが、手に入れたあとは、公開しようとせず、自分一人、楽しんでいる。ダーティな仕事は、自分の手を汚さず、金を使って、画商や骨董商にやらせる。そんな画商や骨董商の間では、有名人、といった人間だったら、聞き込みをやれば、自然に、浮かび上がってくる。そんなことを、考えているんですが」

「私も、似たようなことを、考えたことがありますよ。ただ、ぼんやりした人間像しか、浮かんでこないのです。しかし、やってみようと思っています」

十津川が、いうと、京子は、

「お願いします」

と、頭を下げた。

「何とかして、主人を助け出してください」

第六章　京都別宅

1

犯人から、夫のことで、何か、連絡があるに違いないからと、話しておいた鈴木京子から、四月二日になって、十津川に、電話が入った。

「犯人から、速達が来たんです」

十津川は、亀井と、すぐ、彼女の家に、急行した。

彼女が見せてくれたのは、「速達」という赤いハンコの押された、一通の封書だった。

封書の宛名も、中に入っていた一枚の、便箋(びんせん)にも、パソコンで、打たれたと思われる無機質な活字が、並んでいた。

「お前の夫の鈴木明は、俺たちが、大事に預かっている。お前たちが、見つけた、円空の絵と交換だ。

もし、円空の絵を、俺たちに、渡さないというのなら、お前の夫の、命はないものと、思え。

その絵が志摩のどこかに、あることは、わかっているのだ。

明日の、午後一時に、賢島駅の前に来い。そこから、俺たちを、円空の絵を隠しているところに、案内すれば、夫の命は、助けてやる。

もし、明日の午後一時に、賢島の駅の前まで来なかったり、円空の絵を、渡さなければ、お前の夫は、窒息して、死ぬことになる」

便箋には、そうあった。

「この犯人は、ご主人の命と、引き換えに、円空の絵を渡せと、要求していますが、円空の絵は、見つかったんですか？」

十津川が、きいた。

京子は、子供が、イヤイヤをするように、首を横に振った。

「そんなもの、見つかるはずが、ないじゃありませんか」

「しかし、犯人は、あなた方が、見つけた円空の絵を、渡せといっていますよ」

「犯人たちが、勝手に、そう、思い込んでいるだけですよ。犯人たちに、誘拐された後、何回も、円空の絵を、渡せといわれました。でも、ないものは、渡せません。いくらそういっても、信じて、もらえなかったんです」

「しかし、犯人は、志摩のどこかにあると、信じているようですよ」

「主人が、殺されそうになって、苦し紛(まぎ)れに、隠してあると、いったんでしょうか」

京子が、いう。

「この文面では、あなたが、いくら、円空の絵は見つからなかったといっても、犯人は信じませんね。ヘタをすると、ご主人の命が、危ない」

「どうしたら、いいんでしょうか？」

「犯人の指示通りに、明日の午後一時に、近鉄の賢島駅の前に、行ってください」

「私を囮にして、犯人を、捕まえようというんですか？」

「そんなことは、しませんよ」

と、十津川が、いった。

「もちろん、われわれは、犯人を逮捕したいが、そんなことをしたら、あなたのご主人の命が、危なくなる。今は、何よりも、ご主人を助けるのが、先決ですから」

「でも、賢島駅の前で、犯人に会ったら、私は、どうしたら、いいんですか？円空の絵なんか、ないんですよ」

と、京子が、いった。

「もう一度、確認しますが、本当に、円空の絵は、見つからなかったんですね？」

「ええ、見つかりませんでした」

「私が、日本画の画家に、頼んで、それらしい絵を、何枚か、描いてもらいますよ。それを、どこかに、隠しておき、あなたは、そこへ、犯人を案内してください」

「そんなことで、うまく行くでしょうか？　もし、円空の絵でないことが、わかったら、主人は、殺されてしまいますわ」

「大丈夫です。われわれが、何とかしますよ」

と、十津川は、いった。

急がなければ、ならなかった。

十津川は、すぐ、前の事件で、知り合いになった、女性の画商に会いに行き、若い日本画家を、紹介してもらった。

無名の画家だが、絵はうまい。そういう、若い画家である。

画商が紹介してくれたのは、現在、美術学校の生徒で、年齢は、二十五歳。将来は日本画壇を、背負って立つような、才能のある、画家だということだった。

十津川が事情を話し、一人の人間の命が、かかっているので、何とか、協力してもらえないかと頼んだ。

それから、円空が、志摩の薬師堂などで、描いた絵の写真集を、見せた。

「これに似た絵を、五枚、描いてほしいのです。できれば、この写真集にあるような単彩(たんさい)のものではなくて、鮮(あざ)やかな、色のついたものがいい。例えば、棟方志功のような絵が、欲しいのです」

と、十津川が、いった。

最初は戸惑っていた、その日本画家も、最後には、

「わかりました。何とか、お役に立てるように、描いて、みましょう」

と、快く、引き受けてくれて、四時間ほどの間に、五枚の絵を、描いてくれた。

でき上がったのは、確かに、棟方志功の絵によく似ている絵だった。円空の絵だといえば、円空の絵に、見えないこともない。

その絵を持って、十津川たちは、その日のうちに、鈴木京子を連れて、新幹線で、名古屋に行き、名古屋から賢島に向かった。

万が一に備えて、西本刑事たちにも、時間を置いて、賢島に、集まるように、指示しておいた。

「ご主人は、犯人たちに、この志摩のどのあたりに、円空の絵を隠してあると、いったと思いますか？」

十津川が、きくと、京子は、

「賢島の近く、とでも、犯人たちに、いったんじゃないでしょうか。ですから、私に、円空の絵のあるところまで、案内しろと、要求してきたのだと、思います」

声を震わせて、いう。

「では、その場所を、決めましょう」

と、十津川が、いった。

この辺りには、貸別荘が、何軒かある。そのうちの一軒に、円空の絵が、隠してある、そういうことにした。

駅前の不動産屋に交渉して、そのうちの一軒を、借りることにした。もちろん、このことは、すべて内密である。

海に面した、二階建ての貸別荘だった。

十津川も、京子に協力して、家の中の掃除を手伝い、ガス、水道などが、通っていることを確認してから、二階の押し入れに、ニセの、円空の絵五枚を、隠すことにした。

「これで一応、準備が、終わりました。今日は、賢島駅近くのホテルに、泊まってください。明日午後一時になったら、賢島駅の前で、犯人を待つのです。われわれは、少し離れたところから、あなたを、見張っています。必ず、あなたのことは、守りますから、安心してください。あとは、あなたが、犯人を騙して、ニセの円空の絵と、ご主人の命とを、何とかうまく、交換することです。それが済んだならば、われわれは、一斉に、犯人たちを、逮捕することにします」

と、十津川は、いった。

十津川と亀井は、賢島駅の近くにある、ホテルまで京子を連れていき、ロビーで、最後の打ち合わせをした。

「犯人のことですが、あなたは、三人の男がいたと、いわれましたね？」

「ええ、私や主人を、誘拐したり、監禁したりしたのは、その三人の、男たちなんです」

「しかし、私たちには、そうした男たちは、誰かの命令を、受けて動いている、そんな気がするんです」

「有田さんがおっしゃってたように、ほかにも、犯人が、いるということでしょうか？」

「そうです。その三人は、兵隊のようなもので、その連中を、動かしている人間がいるような、気がしているのです。金があって、普段は、あまり、表には出ないような人間です。ただ、金にあかして、欲しいものを集めている。三人の男たちは、そんな話をしていませんでしたか？」

「そういえば」

と、京子が、つぶやいた。

「心当たりが、あるんですね？」

「私と主人は、目隠しされて、縛られて、車の中に、監禁されていたんですけど、疲れて眠ってしまって、目が覚めたら、いつもの三人の男の、声ではない、もう少し、歳を取った感じの男の声が、聞こえたんです。いつもの三人が、その男に向かって、小田先生と、呼んでいたのを、今、思い出したんです」

「小田先生ですね？」

「ええ、そういって、いました」

「その小田先生は、どんなことを、しゃべっていたんですか？」

「細かいことは、覚えていませんけど、命令口調で、私は、お前たちに、十分な金を払った。あとは、私が、円空の絵を手に入れることだけが、残っている。もし、円空の絵を私が手に入れたら、成功報酬としてさらに、十分な礼はする。確か、そんなようなことを、いっていたような気がするんです」

「ほかに、何か、小田先生のいったことで、覚えていることは、ありませんか？」

十津川が、いうと、京子は、また、しばらく考えていたが、

「三人の一人が、小田先生に向かって、円空の絵を、手に入れたら、どこに置くつもりですか？　ヘタなところに置くと、警察に捕まってしまいますよと、いったんです。そうしたら、小田先生は、京都の別宅に、置くつもりだと、そんなことを、いっていた記憶があるんですけど」

「京都ですか？」

「ええ、確か、京都といったような、気がします」

あまり、自信のなさそうな声で、京子が、いった。

そのうちに、京子が、少し疲れたので、今から部屋に戻って、休みたいといった。

十津川と亀井は、彼女を、部屋まで送り、自分たち二人は、もう一度、ロビー

に戻って、さらに、明日のことを、考えることにした。

「さっき、彼女は、小田先生というのが、京都の別宅に、円空の絵を置きたいといっていたと、いいましたね？」

「ああ、そういっていた」

「近鉄の『伊勢志摩ライナー』ですが、京都からも、賢島まで来ていますよ」

「確かに、そうだ。京都のほかに、大阪と、名古屋からも『伊勢志摩ライナー』が出ている。ひょっとすると、明日は、その小田先生が、京都の別宅から『伊勢志摩ライナー』に乗って、この賢島まで、やって来るかもしれないな。何しろ、誰よりも先に、円空の絵を、見たいと思うだろうからね」

「その小田先生というのは、いったい、何者ですかね？」

亀井が、首を傾げた。

十津川は、友人で、現在、中央新聞の社会部で、記者をやっている田島に、電話をかけた。

「君は、小田先生という男を、知らないかな？　たぶん、年齢は、六十歳ぐらい、資産家で、京都に別宅を持っている。高価な絵や彫刻など、人が、手に入らないるようなものを、あらゆる手段を使って手に入れ、自分で眺めて、嬉しがっているような男だ。表に出ない、収集家だよ。人からは、小田先生と呼ばれている。そんな男を、知らないか？」

十津川が、きくと、田島は、

「ひょっとすると、あの男のことじゃないかな」

「それらしい男が、いるのか？」

「名前は、小田天成(てんせい)、年齢は、六十歳、資産家で、個人資産は、おそらく、五百億円ぐらいあるだろうといわれているが、実際のところは、よくわからない。そもそも、経歴からして、よく、わからない男なんだ。ただ、金があり、人を使って、有名な絵や、彫刻や陶器などを、集めていて、いつも、それを眺めて、喜んでいるという、そんな、男だよ」

「個人資産が五百億か」

「それも正確なところは、よく、わからないんだよ。おそらく、それぐらい、あるだろうというウワサなんだ。東京の等々力(とどろき)に、住んでいるんだが、京都にも、別宅がある」

「奥さんはいるのか？」

「いや、いない。ただし、京都の別宅には、美人の女がいるらしい。それも、彼の収集品だな。すべてあやふやな情報でね。とにかく、得体の知れない男なんだよ。ただ、異常な、収集癖を持っていて、欲しいものは、どんな手段を講じても、手に入れる。その小田先生が、何か、やらかしたのか？」

今度は、田島が、きいた。

「まだ、はっきりとは、断定できないんだが、その男の絡んだ殺人、誘拐事件が起きているかも、しれないんだ」

「やはり、何かの収集が、原因になった事件なのか？」

「ああ、そんな事件だ。申し訳ないが、今は詳しい話は、できない。解決したら、第一に、君に、知らせるよ」

十津川は、そういって、電話を切ったあと、

「小田先生が、実在したよ」

と、亀井に、いった。

「資産家ですか？」

「個人資産を、五百億円も持っている男らしい」

「その男が、今回は、円空の絵を、欲しがっているわけですね。あの鈴木夫妻は、円空の絵を、見つけたんでしょうか？　それとも、見つけていないんでしょうか？」

「私も、どちらか、わからずに、悩んでいるんだ。鈴木京子の、真剣な顔を見ていると、本当に、円空の絵が、見つからなかったと思うんだが、逆に、あの夫妻が見つけていて、それを、何とかして自分たちのものにしたい。それで、ウソをついているのかも、しれない。そんなふうにも、考えてしまうんだ」

夜になって、西本刑事や、日下刑事たちが、賢島に、到着した。

十津川たちは、少し離れた、ホテルに入った。

明日のことを、簡単に打ち合わせしてから、各自部屋に入って、眠ることにした。

2

翌日は、朝から快晴だった。

午後一時少し前に、鈴木京子が、賢島駅の前に、ハンドバッグを、提げて立った。

少し離れた物陰から、十津川たちは、駅前に立っている、彼女を見つめた。

どんな犯人が、現れるのか？　もし、陰の真犯人小田天成が現われれば、事件の解決が、早まることになるだろう。

十津川は、それに、期待をかけた。

近鉄の列車が、着いたらしく、賢島の駅から次々と、乗客たちが出てくる。

十津川たちは、緊張した。その中の、誰かが、鈴木京子に、声をかけるかもしれない。

しかし、声をかけてくる者は、誰もいなくて、鈴木京子は、ひとりのままだ。

（次の列車で来るのか？）

それとも、犯人は、すでに、この賢島に着いていて、駅の反対側のほうから、現われるのではないだろうか？

しかし、いっこうに、犯人らしき人間は、現われない。

そのうちに、突然、救急車のサイレンが聞こえてきた。

救急車は、駅前に、横づけになると、中から二人の救急隊員が、出てきて、担架を持って、駅の中に、走り込んでいった。

ふと、十津川は、イヤな予感に襲われた。

「西本、見てこい！」

十津川は、西本刑事に、命令した。

西本が、物陰から、姿を現わし、駅に向かって走っていった。

西本は、すぐまた、飛び出してくると、十津川たちに向かって、こちらに来るように、手招きした。

十津川は亀井と二人、駅舎に向かって、走っていった。

十津川は、西本に近づくと、

「いったい、何が、あったんだ？」

「列車の中で、乗客が、一人、死んでいます。今、それを、救急隊員が診ています。死んでいるのは、年齢六十歳ぐらいの男で、少し小太りで、いい背広を、着ています。明らかに、毒殺ですね」

と、西本が、いった。

「年齢六十歳ぐらいか？」

「ええ、そうです」

「行ってみよう」

十津川は、亀井と西本の二人を、連れて、駅のホームに、入っていった。

ホームには「伊勢志摩ライナー」が停まっている。デラックス車両の辺りに、駅員が集まっていた。

三人の刑事は、そこまで、歩いていった。

車中で、二人の救急隊員が、床に横たえた、乗客の脈を診ていた。

年齢六十歳ぐらいの男である。

その救急隊員の一人が、駅長に向かって、小さく首を、横に振って見せた。

十津川は、車内に入り、救急隊員のそばに行き、警察手帳を見せた。

「死んでいるんですか？」

と、きいた。

救急隊員は、ビックリした顔で、十津川を見て、

「ええ、そうです。すでに、死亡しています。しかし、警察の方が、なぜ、ここに、いるんですか？」

「それよりも、この仏さんの、身許を知りたいのですが、調べさせて、もらいますよ」

十津川は、亀井と西本の二人を呼んだ。

背広の内ポケットから、名刺入れが、出てきた。

二十枚の、同じ名前を、印刷した名刺が入っていた。そこには、こう印刷されていた。

〈小田天成〉

肩書は、何もない。東京と京都の住所と、電話番号が、書かれているだけだっ

た。

十津川は、少しは、予期していたものの、この仏さんが、例の小田先生かと、思って、じっと、その死顔を見つめた。

明らかに毒殺である。たぶん、使われたのは、青酸カリだろう。

二十枚の名刺の中から、三枚を取り出し、二枚を、亀井と西本に渡した。

亀井も、驚きの表情を隠せない。

「これが、例の、小田先生ですか？」

「おそらく、そうだろう」

救急隊員は、十津川に向かって、

「これは、明らかに、毒物を飲んで死んでいます。他殺の可能性も、あるので、この後は、そちらに、お任せしますよ」

と、いって、同僚を促して、帰っていった。

何があったのかと、遅れてやってきた、鈴木京子が、恐る恐る、覗き込んで、

「この人、誰なんですか？」

と、十津川に、きいた。

「あなたが、声を聞いたという、例の、小田先生ですよ」

「この人がですか？」

「あなたは、声だけしか、聞いていないんですね？」

「ええ、声しか、聞いていません。小田先生というのは、犯人たちの、リーダーなんでしょう？　その人がどうして、ここで、死んでいるんですか？」

「それは、まだ、わかりません。仲間割れかもしれないし、ほかの理由で、死んだのかもしれません」

と、十津川は、いった。

「でも、この人が、死んでしまったら、どうやって、主人を、探したらいいんでしょうか？」

京子が、きく。

「もし、これが、仲間割れならば、この小田先生を、殺した人間が、改めて、あなたに、円空の絵を渡せといってくるに、違いありません。それを、待つことにしましょう」

十津川は、いった。

十津川は、所轄署と県警本部に、連絡を取った。

四十分もすると、県警本部のパトカーや、鑑識の車が、やって来た。

死体は、司法解剖のために、大学病院に運ばれていき、十津川は、後に残った県警の剣持（けんもち）という警部に、これまでのいきさつを、説明した。

剣持警部は、十津川の話を、頷きながら、聞いていたが、

「そうすると、犯人たちの仲間割れということに、なりますか？」

「たぶん、そうでしょう。仲間割れで、小田を殺した犯人たちが、改めて、鈴木京子に、円空の絵を、渡せといってくるに、違いありません。もし、渡さなければ、ご主人を殺すというに、決まっています」

十津川が、いった。

「人間一人の命が、かかっているとなると、うかつには、動けませんな」

剣持が、神妙な顔で、いった。

「それで、これからのことを、ご相談したいのです」

十津川が、いった。

3

賢島警察署に、捜査本部が置かれた。

すぐに、開かれた捜査会議の席で、十津川が、要望したのは、列車の中で、毒殺されていた男のことだった。

「持っていた名刺には、小田天成と、ありましたが、本当に、小田天成なのか？ 小田天成に、なりすました男なのか？ それをまず、知りたいのです。二番目は、もちろん、犯人たちに誘拐され、監禁されている、鈴木明という男の生死です。何とかして、助け出したいと思っています」

「まず、小田天成が、本物かどうかを、調べましょう」

剣持警部は、そういうと、名刺にあった、東京の住所に、まず、電話をかけた。

「小田でございますが」

若い女の声が、いった。

「あなたは、小田さんとは、どんな関係にある方ですか？」

剣持が、きくと、相手は、

「小田先生が、旅行に出ているので、その留守番をしているもので、ございますけど」

と、いう。

「小田さんは、どこに、旅行に行っているんですか？」

「確か、伊勢志摩だと思いますけど」

「こちらで、小田さんが、亡くなったと思われるので、確認に、来ていただけませんか？　近鉄線の、終点の賢島で降りれば、すぐ近くに、賢島警察署があります。こちらに来て、遺体を、確認していただきたい」

「先生は、殺されたんですか？」

「それはまだ、はっきりしていません。小田天成という名刺を、持った男性が、こちらで亡くなったのは、間違いないので、それが、小田天成さんかどうかを、確認していただきたいのですよ」

「わかりました。すぐに、伺（うかが）います」

夜になって、小田天成の家で、留守番をしていたという若い女が、賢島警察署に、到着した。三十歳ぐらいの、女性である。

ちょうど司法解剖から戻ってきた男の遺体を見て、女は、

「間違いありません。小田先生です」

と、いった。

「失礼だが、あなたと、小田天成さんとの関係は？」

剣持が、きくと、女は、相変わらず、変に冷静な口調で、

「小田先生の身のまわりの、お世話をさせていただいています」

女の名前は、三宅優子（みやけゆうこ）、三十二歳だという。

「小田さんは、いつから、東京の家を、留守にしていたんですか？」

十津川が、三宅優子に、きいた。

「半月ほどになります。先生は、伊勢志摩に、用があるとおっしゃって、京都の別宅のほうに、行かれていました。そちらからのほうが、伊勢志摩には近いからと、そうおっしゃって」

「小田さんは、珍しいもの、絵画や彫刻などの収集で、有名な方ですが、そのことは、もちろん、ご存じですね？」

十津川は、三宅優子に、きいてみた。

「もちろん、存じています」

「今回、小田さんが、伊勢志摩に行ってくるといわれて、まず、京都の別宅に、向かわれた。それは、何か、欲しいものがあって、手に入れるために行かれた。そういうことですか？」

「私には、よくわかりませんけど、そういうことだと思います。小田先生は、何か欲しいものがあると、一人で、急に、家を空けられますから」

優子が、いった。

やはり今回は、円空の絵を、手に入れようとして、動いていたのだろう。

十津川は、亀井と、小田天成の、京都の別宅に行ってみることにした。

鈴木京子は、東京の自宅に帰すことにした。犯人たちがまた、彼女に、連絡してくるような、気がしたからである。

夜遅くではあったが、二人は、県警が用意してくれた車で、京都に着くと、小田天成の名刺にあった京都東山（ひがしやま）の別宅に、向かった。

敷地が千坪近い、大きな、和風の屋敷だった。

玄関で、インターホンを鳴らすと、和服を着た三十代の女が、顔を出した。

面長（おもなが）の、いかにも、京都女性という感じの女である。どうやら、彼女が、小田天成の、京都の女らしい。

十津川が、警察手帳を見せると、彼女は、

「片桐絹香（かたぎりきぬか）でございます」

丁寧に、挨拶した。

しかし、刑事が、二人も来たことから、この屋敷の主（あるじ）である、小田天成に、何かがあったと、絹香は、気づいたらしい。

「ひょっとして、先生は、お亡くなりになったんですか？」

と、きく。

「お気の毒ですが、今日、京都から伊勢志摩に向かう近鉄線の車内で、亡くなられました」

と、十津川は、いってから、

「何か、心当たりは、ありますか？」

「先生は、ただ、亡くなったのではなくて、殺されたんでしょうか？」

「その可能性が十分にあります」

「そうですか」

「それで、今の質問ですが、どうですか？」

改めて、十津川が、きいた。

「私は、先生のお仕事のことは、ほとんど知りませんので、心当たりがあるかと、お尋ねになられても、困ります」

「小田先生は、いつから、この京都の別宅にいらっしゃっていたんですか？」

「半月ほど前から、こちらに、来ていらっしゃいました」

「今日は、京都から『伊勢志摩ライナー』で、賢島に向かわれたのですね？」

「はい。それは、知っておりますけど、何の用で、賢島に行かれたのかは、存じません。仕事のことは、何も、おっしゃらない方ですから」

「小田さんの仕事のことは、知らないとおっしゃいますが、この家に、小田さんの、収集品があることは、ご存じですね？」

「それは、存じておりますけど、地下室には、勝手に、入ってはいけないと、いわれておりますので、どんなものがあるかまでは」

「地下に、小田さんの収集品が、あるということですね？」

「はい」

「その、地下室に、案内してください」

十津川が、いった。

片桐絹香は、十津川たちのために、地下室の鍵を開けてくれたが、彼女自身は、頑（かたく）なに、中に入ろうとは、しなかった。

広い地下室は、湿度、室温などが自動調節されていて、爽（さわ）やかだった。

そこには、さまざまな絵画、彫刻、陶器などが並んでいたが、十津川自身には、それが本物なのかどうか、わからなかった。

こうした湿度や室温などの調節までした地下室に、並べてあるところをみれば、おそらく、本物なのだろうが、どうやって集めたのか？

地下室を出た後、十津川は、改めて、片桐絹香に質問した。

「小田天成さんは、いつも、用事で外出する時、どんなものを、お持ちになっていらっしゃるんですか？」

「革製のボストンバッグを、お持ちになっていらっしゃいます」

片桐絹香は、そのボストンバッグの大きさを手で示した。かなり大きな、ボストンバッグらしい。

「小田さんは、携帯電話は、お持ちでしたか？」

「昔は、お持ちになっていませんでしたが、最近は、持つように、なっていらっしゃいました」

と、絹香が、いう。

その携帯電話も、見つかっていない。

小田天成を殺した犯人は、革製のバッグと、携帯電話を、持ち去ったということなのだろうか？

二階には、書斎があり、そこに、大きな金庫があった。

片桐絹香は、その金庫の開け方も、知らないといった。

「できれば、この金庫を開けて、中を見たいのですがね」

十津川が、いったが、絹香は、

「開け方を知っているのは、小田先生だけなのです」

と、いう。

十津川は、仕方なく、その金庫のメーカーに、電話をかけた。

電話の応対に出た人間が、技術部員を、至急そちらに行かせて、開けさせます
といった。

三十分もすると、技術部員が来て、金庫と格闘を始めた。

一時間近くかかって、金庫は、やっと開錠された。

十津川が、重い扉を開けると、中には、札束が詰まっていた。一億円ぐらいは、あるだろう。

かなりの隙間(すきま)があるから、ここに、現金を詰めたら、五、六億円ぐらいは、楽に入るに、違いない。

改めて、小田天成という男の、個人資産が、五百億円ぐらいはあるだろうと、教えてくれた友人の、言葉を思い出した。

4

十津川と亀井は、翌朝、京都駅から新幹線で、東京に戻った。

小田天成の死因は、司法解剖の結果、青酸カリによる、中毒死と、三重県警の、剣持警部から、連絡が入っていた。

西本刑事や日下刑事たちは、昨日のうちに、鈴木京子と共に、東京に帰らせていた。

予想した通り、鈴木京子のところに、犯人からの電話が、入ったと知らされ、十津川はすぐ、鈴木邸に急行した。

京子は、十津川の顔を見て、ホッとした表情になり、

「さっき、犯人から、電話がありました」

「どんな電話ですか？」

「男の声で、俺たちはまだ、円空の絵を諦めていない。お前のダンナを預かっている。どうやって、円空の絵と、お前のダンナを、交換するか、その方法を、一時間後に、電話で知らせる。そういっていました」

「その男の声に、聞き覚えが、ありましたか？」

「ええ、私や主人を、誘拐して監禁した、三人の男の中の一人です。あの声は、絶対に忘れません」

京子が、強い口調で、いう。

十津川は、電話に、ボイスレコーダーを接続した。

一時間して、電話が鳴る。自動的に、ボイスレコーダーのスイッチが入る。

京子が受話器を取った。

「鈴木京子さんだな？」

男の声が、いう。

「ええ。主人は、無事なんでしょうね？」

「ああ、無事だ。安心しろ。ただ、あんたが、こちらのいう通りに、動いてくれないと、ご主人は、窒息して死ぬことになる」

「主人は、今、どこに、いるんでしょうか？」

「俺たちが円空の絵を、手に入れたら、教えてやるさ。円空の絵だが、賢島で降りて、どのくらいの、距離のところにあるんだ？」

「車で一時間くらいの、ところですけど」

「お前が、円空の絵を、持ってくるんだ」

「でも、時間がかかりますよ。私が、今いるのは東京だから、これから志摩まで絵を取りに行くと、往復で、何時間もかかってしまいますけど」

「それなら、今から、すぐに行ってこい。明日の十二時に、また、電話する。それまでに、円空の絵を取ってきて、こちらからの、連絡を待つんだ」

そういって、相手は、電話を切った。

「これからすぐ、私が、絵を取りに行ってきます。刑事さんが、取りに行くと、犯人が見張っていて、それを、理由にして、主人を、殺してしまうかもしれませんから」

京子は、もう、腰を浮かしている。

確かに、それも一理ある。

十津川は、京子の、気の済むままに、行かせることにした。

ただ、十津川は、西本と日下の二人の刑事を、それとなく、京子の跡を、追う形にさせた。

犯人が、賢島で、待ち伏せをしていて、鈴木京子を尾行し、彼女が、貸別荘から、絵を持ち出した瞬間に、それを、奪おうとして、彼女を襲うことも、十分に考えられたからである。

「とにかく、彼女を守れ」

とだけ、十津川は、西本と日下の二人の刑事に、指示を与えた。

犯人が、三人いると考えると、二人の若手の刑事だけでは、不安になってきて、十津川はさらに、田中と三田村の二人の刑事にも、跡を追わせることにした。

四人の刑事は、東京駅で、京子に追いつき、同じ「のぞみ」に乗った後、十津川に、連絡してきた。

「のぞみ」を名古屋で降り、鈴木京子は、そこから近鉄特急に乗り換える。四人の刑事たちも、少し離れて、同じ列車に乗り込んだ。

「現在、この列車に、怪しい人物は、見当たりません」

日下刑事が、携帯を使って、十津川に、報告してくる。

終点の賢島で降り、京子は、タクシーで貸別荘に向かった。四人の刑事たちも、そのタクシーを、前後に挟むようにして、貸別荘に向かう。

その途中、京子が乗ったタクシーが、襲われる感じは、なかった。

「今、彼女が貸別荘に入り、例の絵を持ち出して、待たせておいたタクシーに、乗りました。尾行しているような車は、見当たりません」

西本が、十津川に連絡してきた。

「彼女の様子は、どうだ？」

十津川が、きく。

「落ち着いていますよ」

西本が、答える。

賢島駅に戻り、今度は、名古屋行きの特急に彼女は乗り込み、西本刑事たちも、同じ列車に、乗った。

「どうやら、途中で、犯人たちが襲う気配は、なさそうですね」

亀井が、ホッとした表情で、十津川に、いった。

「刑事の尾行を予想しているんだよ」

「犯人たちは、本当に、円空の絵があると、思っているんでしょうか？」

「そう、思っているからこそ、鈴木京子に、円空の絵と、鈴木明の命とを、引き換えにするといって、脅かしているんだろう」

十津川が、いった。

「それにしても、どうして、三人の犯人は、自分たちのボスと思われる、小田天成を殺してしまったんでしょうか？　殺さなければ、小田から、いくらでも、金を引き出すことができたでしょうに」

「おそらく、その金が、出なかったんじゃないのか？　小田は、個人資産五百億円を、持っているといわれているが、たぶん、ケチな男なんだ。だからこそ、小田についての悪いウワサが、流れているんじゃないだろうか？　金をケチって、欲しい円空の絵だけを、手に入れようとした。それで、三人の男が、腹を立てて、『伊勢志摩ライナー』の中で、小田を毒殺してしまったに違いない。私は、そう、思っている」

「私は、小田天成が、いつも持っているという革製のボストンバッグと、最近持つようになったという、携帯電話のことが、気になっているんですが」

「どちらも、小田天成を殺した犯人が、持ち去ったんだろう。携帯は、自分たちの名前や、電話番号が、登録されていると思って、奪い去ったに違いないが、革製のボストンバッグのほうは、中身が気になるね」

十津川が、いうと、

「間違いなく、中には、金が、入っていたと思いますね」

と、亀井が、いった。

「それは、同感だ」

「その金のことが、どうしても、引っかかって仕方がないんです」

と、亀井が、いった。

「どうしてだ？」

「小田天成は、京都から『伊勢志摩ライナー』に乗りました。賢島まで行き、そこで、鈴木京子に案内させて、円空の絵を手に入れるためとしか、考えられません。京子を、脅かしてです。だとすると、金は、必要ないんじゃないでしょうか？　京子の夫、鈴木明を誘拐し、監禁していますから、彼の命と引き換えに、京子から、円空の絵を取り上げればいいんですから、金は必要ありません。小田天成は、革製のボストンバッグを、持って、京都の別宅を、出ています。その中に、大金が、入っていたとすれば、おかしなことになって、きませんか？」

「ただ脅かしただけで、円空の絵が、手に入るのに、どうして、大金を詰めたボストンバッグを持って、『伊勢志摩ライナー』に乗ったのか？　それは、鈴木京子から、円空の絵を買い取るつもりだったんじゃないか？　カメさんは、そんなふうに、考えるのか？」

「そうです。そうなると、少し、おかしなことになってくるような気が、するんですが」

「ボストンバッグの中に、入っていた金は、自分の指示で、動いている三人の男たちに対する報酬だと、考えれば、いいんじゃないのかね？　京都から『伊勢志摩ライナー』に乗った、小田天成のそばには、三人の男がいたのさ。合計四人で、賢島まで行き、そこで待っている鈴木京子を脅かして、円空の絵を、手に入れる。それが成功したら、三人の男たちは、成功報酬がもらえる。その金を、あらかじめ、小田天成は、ボストンバッグの中に入れて、『伊勢志摩ライナー』に、乗ったんだと思うね。ところが、賢島までの途中で、ボストンバッグの中の金が約束より少ないことに、三人が気がついた。そこで、腹を立てて、小田天成を、毒殺した。そう考えれば、別に、おかしくはないんじゃないか？」

十津川が、いった。

「確かに、そうですね。ボストンバッグの中に、金が入っていたとしても、それは円空の絵を買い取る金ではなくて、自分のために、動いた三人の男たちに対する報酬金だと考えれば、確かに、おかしくありませんね」

亀井は、頷いたが、さらに続けて、

「もう一つ、疑問があるんですが」

「どんなことだ？」

「京都からの『伊勢志摩ライナー』には、小田天成のほかに、三人の犯人も乗っていた。列車の中で、自分たちに対する、成功報酬が少ないとわかって腹を立て、小田天成を、毒殺した。そう考えると、青酸カリを、三人の男たちが持っていたことになります。まだ、その段階では、自分たちに対する報酬が多いか、少ないかはわからないわけでしょう？　それなのにどうして、前もって、青酸カリを、持っていたんでしょうか？」

「その点について、私は、こう考えるんだ」

と、十津川は、いった。

「三人の男たちは、小田天成のために、いろいろと、働いていたが、前々から自分たちにくれる報酬が、少ないことに腹を立てていた。そこで、三人は、考えたのでは、ないだろうか？　今度も、小田が、成功報酬をケチったら、その時は、小田天成を殺してしまおう。ただ、銃とかナイフを使っては、銃声が、聞こえたり、小田天成が悲鳴をあげたりして、列車の中で、逮捕される恐れがある。そこで、青酸カリを使って殺すことにした。賢島へ行く列車の中で、自分たちの成功報酬についてきくと、案の定、小田が、値切ってきた。そこで、小田を毒殺し、まず、ボストンバッグごと金を奪い、いったん、列車を降りて、逃げる。死体と一緒に、賢島まで行ってしまったら、間違いなく逮捕されてしまうからね。そのあと、改めて、鈴木京子を脅し、鈴木明の命と引き換えに、円空の絵を、手に入れて、小田天成みたいに、欲しがっている人間を見つけて、高く売りつける。さらに、大金が、手に入るからね。そんなことを考えているんだと思うが」

「確かに、そう考えれば、納得できますね」

「ただし、証拠も必要だし、疑問も残る」

と、十津川は、いった。

「三人の男が、『伊勢志摩ライナー』の車内で、自分たちのボスの小田天成に、青酸を飲ませて、殺した。しかし、どうやって、飲ませたのかが、わからない」

「そうですね。普通なら、飲もうとしないでしょうね」

「身体をおさえつけて、無理矢理、飲ませた形跡もない。司法解剖した大学病院に、詳しく、問い合わせてみよう。何かわかるかもしれない」

と、十津川は、いった。

その結果、他に、「ビール」と「睡眠薬の痕跡あり」という、答えが、あった。

ただし、「その痕跡は、きわめて、うすい」という。つまり、睡眠薬を飲んでから、時間が経っているということだった。

十津川は、首を傾げて、しまった。

一つの疑問に、答えが見つかったと思ったら、その答えに、新たな疑問が、ついてきたからである。

ビールにまぜて、睡眠薬を飲ませ、眠らせておいて、口から、青酸液を流し込めば、小田天成を殺すことが、出来る。

しかし、京都から「伊勢志摩ライナー」に乗ると、二時間四十五分で、終点の賢島に着く。

睡眠薬の痕跡が、希薄だとすると、京都を出て、すぐ、小田に、睡眠薬を飲ませたことになるのだ。

なぜ、三人の男が、その時間に、そんなことをしたのかという新しい疑問が、出てきたのである。

第七章　逆転

1

　十津川は、鈴木京了が、賢島から、無事、東京に戻ってきた晩、殺された小田天成のことを、詳しく知りたくて、ある男に、会った。美術品取引の、闇ルートにも強い、中央新聞の田島から、紹介してもらったのである。

五十代と思えるその男は、十津川に向かって、田中と名乗ったが、もちろん、これは、本名ではない。まったくの偽名である。

　偽名と知ったのけ、その男が、

「俺のことがわかってしまうと、これからの仕事に差し支えがある。だから、俺のことはきくな」

と、十津川に、いったからだった。

ということは、自称田中というその男も、死んだ小田天成と、似たような事を、していることということだろう。

「刑事さんは、小田天成の、いったい、何が知りたいんだ？」

田中が、十津川に、きく。

「できれば、すべてを、知りたいんだが、今は、その時間がないから、一つだけをきく。小田天成が、今までずっと、収集家たちから、恐れられていた理由は、いったい、何なんだ？　それを教えてくれ」

「そうだな、いろいろとあるが、まあ、一言でいえば、執念かな。自分が欲しいものは、何としてでも、手に入れる、その、凄まじいまでの執念だ。ブローカーも収集家もみな、それを、怖がっていたよ」

「しかし、人間なら、欲しいものを、手に入れたい、自分のものに、したいという執念を、持っているものだろう？　それは、あんただって、同じだと思うんだが、いったい、どこが違うんだ？」

「確かに、俺だって、欲しいと、決めたものについては、何としてでも、手に入れたいという強い執念を、持っているさ。それは、俺だけではなく、誰だって、そうだろう。しかしね、いくら、欲しくたって、最後の一線だけは、絶対に越えない」

「最後の一線って？」

「殺人だよ。あいつはね、欲しいものがあったら、持ち主を、殺してでも、必ず、手に入れようとすると、いわれているんだ。いくら欲しいものが、あったって、普通は、そんなことは絶対にしないがね。小田天成は、そこが、怖いんだ」

「小田天成という男は、人殺しまでして、欲しいものを、手に入れるのか？」

「ああ、間違いなく、やる。しかし、今までに、彼が、殺人で、警察に捕まったことはないけどね」

「それは、わかっている」

「ひょっとすると、あいつが、殺したんじゃないかという、疑いのある事件は、山ほどある。またやったなと、俺は、何回も思ったことがある。だから、今まで、あの男とだけは、争ったことは、なかった。死ぬのは、イヤだからね」

「ということは、小田天成と争って、殺された人間が、いるのか？」

「ああ、いたよ。近藤康友という男がいた。個人資産一千億円といわれ、王様と呼ばれていた、美術品の収集家だよ。近藤もまた、欲しいと思ったものは、何でも手に入れる怖い男として、知られていた。政治家にも、知り合いがいるし、闇の世界にも通じているといわれていたからね。ある時、この近藤康友と、小田天成が、時価五千万円といわれる、日本画をめぐって争ったことがある。この時は、収集家の誰もが、近藤が、勝つだろうと思っていたんだ。ところが、ある日、近藤康友が、女性秘書と一緒に乗った羽田発、関西空港行きの旅客機が、墜落して、近藤は死亡した。それで、問題の日本画は、小田天成が、手に入れた」

「その飛行機事故のことなら、よく、覚えている。あれは、整備不良ということで、決着がついているはずだ」

「確かに、そういうことになっている。だが、俺は、小田天成が企み、実行した、飛行機事故だと、今も、固く信じている」

「しかし、あの航空事故で、二百六人の乗客と、十人の、乗組員が全員、死んでいる。たった一枚の、日本画が欲しくて、そんな人殺しをするかね？」

「やるさ。あの、小田天成なら、欲しいものを、手に入れるためなら、絶対にやるはずだと、俺は、信じているし、小田天成のことを、知っている人間なら、そう、思うはずだ」

「しかし、その小田天成が亡くなったのは、知っているだろう？」

「ああ、知っている。しかし、いまだに、俺には、信じられない」

「どうしてだ？」

「だって、小田天成という男は、そんなに、簡単に死んでしまうような、やわな、ヤツじゃないんだよ」

「だが、本当に死んだんだよ。いや、殺された。どうして殺されたのか、わかるかね？」

「そうだな。たぶん、小田天成が、自分の力に、頼りすぎて、油断したんだろう。自分の力を、過信したんだ」

「それだけかな？」

「さもなければ、相手のことを、甘く、見すぎたんだな、きっと。最初から、相手が、ギブアップしてしまって、自分の思い通りになると、信じ込んだんだ。この二つしか、考えられない」

「参考に、なったよ」

「ところで、最後に、もう一度だけきくが、本当に、小田天成は死んだのか？殺されたのか？」

田中を名乗った男は、真剣な表情で、十津川に、何度もきいた。

2

十津川は、密かに、自分と、自称田中との会話を、録音して、それを、亀井に聞かせた。

「カメさんの感想を、聞きたいんだが」

「なかなか、興味深い会話で、参考になりましたよ。小田天成が、こんなに簡単に、殺されたということが、警部には、不思議なんですね？」

「そうなんだ。不思議で、仕方がない。だから、この男に会って、話を聞いてみたんだ。カメさんにも、テープを聞いてもらったように、小田天成が殺されたことを、彼も、不思議だといっていた。田中にいわせると、小田天成というのは、ひじょうに怖い男なんだよ。王様（キング）と呼ばれた近藤康友という収集家と、一枚の、日本画をめぐって争った時、何としてでもそれを手に入れるために、近藤の乗った飛行機を爆破し、二百人を超す人々を、巻き添えにして、殺してしまったというんだ。そんな、滅茶苦茶なことをしてまでも、自分の欲しい一枚の日本画を手に入れる男なんだ。今回、そんな男が、どうして、いとも簡単に、殺されてしまったのか、そこが、私にも、理解できないんだよ」

「警部との会話の中で、自称田中は、小田天成が、自分の力を、過信しすぎたのではないかといっていますね」

「その通りだ。田中は、もう一つの理由も、いっている。それは、相手が、最初から、彼と、争う気がなかったんじゃないか、戦う敵では、なかったんじゃないかと、そうもいっている」

「それで、警部は、どういう結論に、達したんですか？」

「カメさんには、信じられないかもしれないが、私の結論は、たった一つなんだ。今回の事件は、殺人を除けば、すべてがウソということだよ」

十津川が、いう。

「すべてがウソ、ですか？　申し訳ありませんが、警部のいわれる意味が、わかりませんが」

亀井は、戸惑った顔になっている。そんな亀井に向かって、十津川は、

「私は、最初から、今度の事件を、考え直してみた。今年、還暦を迎えた鈴木夫妻が、伊勢志摩旅行に、出かける。それを、雑誌『マイライフ』が、取り上げて、編集者が、同行することになった。ところが、旅行当日になって、突然、鈴木夫妻は、失踪してしまい、代わりに、中年のカップルが、鈴木夫妻の切符を使って伊勢志摩に出かけた。誰だって、何かあったと思うはずだ。そして、次には、そのカップルの、女のほうが殺された。これで、ますます、鈴木夫妻は、何かの事件に、巻き込まれたに違いない、と考えるようになった」

「そうですね。それで、われわれは捜査を開始したんでした」

「われわれの前に提示されたのは、鈴木夫妻が、円空の絵を、探しているということだった。その絵が存在すれば、おそらく、億単位の金が動くだろう。そこでわれわれは、鈴木夫妻の行方と、同時に、円空の絵を追いかけた。その最中に、

鈴木夫妻の妻、京子が、監禁されていた車から逃げて、われわれ警察に、助けを求めてきた。われわれは、彼女を助けたが、夫の明のほうは、依然として、犯人たちに、監禁されている。そうこうしているうちに、犯人たちが、京子に速達で、円空の絵と夫、明の命とを、交換しようと提案してきた。われわれは、ニセの円空の絵を作り、それを志摩の貸別荘に隠した。そして翌日、向こうが指定した賢島で会うことにした」

「ところが、その当日、京都発、賢島行きの『伊勢志摩ライナー』の車内で、美術品の収集家として有名な小田天成が、死んでいるのが発見されたというわけですね。この時、初めて、今回の事件に、小田天成が関係していることを、知ったわけです」

「ああ、そうなんだ。円空の絵を欲しがっている人間が、その時になって、小田天成という大物の収集家だとわかったが、そんな大物がなぜ、『伊勢志摩ライナー』の車内で、殺されたのか？　それが、大きな疑問になった。われわれは、こう考えた。小田天成は、手下の男三人と女一人を使って、鈴木夫妻を、誘拐、監禁し、円空の絵を手に入れようとしたが、手下に対しての報酬が、少なかったので、手下が怒って、小田天成を毒殺してしまった。そう考えた。だが、私が会った、田中という男がいっているように、小田天成というのは怖い男で、そんなに簡単に、睡眠薬を、飲まされたり、青酸カリ入りのアルコールを、飲まされたりするような、人間じゃないとわかった。今回の事件では、小田天成は、手下を使って、鈴木夫妻を誘拐、監禁した。そんな危険を冒しながら、あっさりと、青酸カリを飲まされて、殺されてしまったのか？　不思議で仕方がないんだ。そうなると、自然に、一つの結論に辿りついた。すべてがウソだという結論だよ。鈴木夫妻が誘拐、監禁されたことも、妻の京子が一人で逃げ出して、犯人から、円空の絵と交換で、夫を助けるといってきたこともウソだということだ」

「なるほど。警部のいわれることは、よくわかりましたが、何もなかったとは、今でも、私には、信じられませんが」

「鈴木夫妻が、円空の絵を、見つけたというのは、本当なんだ。その事実を、聞きつけて、小田天成が、その絵を譲れといってきたんだろう。小田天成から見れば、今回の相手は、サラリーマン夫婦で、その上、六十歳、還暦だから、チョロいものだと思ったはずだ。鈴木夫妻が発見した円空の絵にだって、せいぜい、一千万ぐらいしか、払う気はなかったろう。いや、五百万かもしれない。鈴木夫妻にしてみれば、口惜しくて、仕方がなかったろうが、何しろ、相手は、小田天成なのだ。狙った日本画を、手に入れるために、ジェット旅客機を墜落させて、二百人を超す犠牲者を出しても、平気な男なのだ。まともにぶつかって、勝てる相手ではない。しかし、口惜しい。そこで、鈴木夫妻はこんな復讐の方法を考えたのではないか。これから、先は、私の勝手な想像なんだがね」

と、断わってから、さらに、言葉を続けた。

「鈴木夫妻は、小田天成に向かって、こういう。円空の絵は、喜んでお譲りします。ただ、私たちが発見したものですが、もともと、志摩半島のN寺に所蔵されていたもので、その寺が、譲ることを、反対しています。そこで、こうしたらどうでしょうか。一芝居打つのです。もちろん、小田さんの名前は、出しません。あなたは、カーテンの向こうに隠れて、円空の絵が、手に入るのを待っていればいいのです。その芝居というのは、私たち夫婦の誘拐、監禁です。犯人は、四人。男三人に女一人で、十分です。この犯人たちが、私たちを誘拐、監禁して、二人の命と引き換えに、円空の絵を寄越せと要求する。まず、妻だけ助かるが、夫の命と引き換えで、円空の絵が、犯人たちに奪われてしまう。四人の犯人たちには、あなたが、一人、百万ぐらい払って、海外に逃亡させてしまう。円空の絵も、彼らと一緒に、海外へ出てしまったということにしますが、実際には、あなたの手に渡っている、という芝居です。鈴木夫妻が、この提案をし、小田天成が、オーケイして、この筋書き通りに、事が運んでいった。ただ、犯人役の四人の中の女が、報酬に、不満を持ったのか、真相をバラそうとしたかして、殺されてしまった」

「その筋書きについては、何とか納得できましたが、最後に、どうして、小田天成が、あっさり、毒殺されてしまったのか。そのところが、納得できないのですが」

「だから、油断だよ。小田天成は、油断をしてしまったのさ。幻（まぼろし）の誘拐事件があったりしているが、それは、すべて芝居で、最初から鈴木夫妻は、円空の絵を、小田天成に、売ることになっているから、小田天成は、すっかり、油断していたのだと、私は思うね。そして、いよいよ、小田さんが、欲しがっていた、円空の絵が、手に入りますから、一緒に、賢島に行きませんかと誘われたんだろう。そこで、喜んで、京都から、近鉄特急の『伊勢志摩ライナー』に、乗り込んだんだよ。ああいう収集家というのは、いざ、それが手に入ると決まると、異常なほど、興奮してしまうものだ。それに、まったく油断していたからね。勧められるままに、睡眠薬入りのビールを飲んでしまったのだろう。そして眠ってしまった。そのあと、今度は、青酸カリ入りの、ビールを口に流し込まれて、小田天成は、死んでしまったんだよ」

「それを勧めたのは、誰ですか？　今のところ、小田天成の手下が、報酬が少ないことに、腹を立てて、毒殺してしまったということに、なっていますが」

「たぶん、やったのは、鈴木明だろうと、私は、思っている」

「しかし、警部、鈴木明は、誘拐されて、まだ、どこかに、監禁されているんじゃ、なかったですか？」

「だから、さっきから、芝居だといっているじゃないか」

「そうなると、鈴木夫妻を、誘拐、監禁したり、京子を脅かしたりしている犯人たちというのは、実際に、存在するんでしょうか？」

「ああ、もちろん存在する。だが、何回もいうようだが、彼らは、監禁なんか、していないんだよ。それに、彼らは、小田天成の、手下でもない。ただ、金をもらって、いわれた通りの芝居を、していただけだよ。男三人に、女一人。今もいったように、その女が、裏切ろうとしたので、女の口が封じられてしまったんだ」

3

翌朝、十津川に、電話が入った。北条早苗刑事からだった。

「鈴木京子から、二回も、電話が入りました。一刻も早く、夫の鈴木明を、助け出してください。十津川警部に、そう、伝えてくださいと、京子は、そればかり、いっていますよ。どうしますか？」

北条早苗刑事が、いう。

「わかった。私のほうから、彼女に連絡する」

と、十津川は、いった。

4

十津川は、亀井と二人で、素知らぬ顔で、京子に会った。

京子は、十津川の顔を見るなり、

「どうして、主人を、助け出してくれないんですか？　主犯は、小田天成なんでしょう？　彼が死んでしまって、今、主人がどこにいるのかが、わかりません。何とか早く、犯人からの電話が入る、十二時前までに、探してください」

必死の形相で、いった。

「ご主人は、どんなところに、監禁されていると思いますか？」

「そんなこと、この私が、知っているはずが、ないじゃありませんか？　きっと、動物みたいに、檻の中に、入れられていると、思っているんです。何しろ、そういう、残酷で卑劣なことを、平気でする犯人たちですからね」

「たぶん、そうでしょうね。私には、ご主人が、どこで、監禁されているのか、だいたいの、想像がついているんです」

十津川が、いうと、亀井は、驚いて、十津川を見た。

「それなら、一刻も早く、助け出してくださいよ」

と、京子。

「わかりました。では、これから一緒に、名古屋に、行きましょう」

十津川が、余裕たっぷりに、いった。

名古屋駅から、三人は、タクシーに乗り、岐阜県関に向かった。

車の中で、しきりに、亀井が、十津川の顔を見ている。いつまで、芝居をしているのですかと、無言のうちに、十津川に、きいているのだ。

十津川はそれでも、今までの姿勢を崩さなかった。芝居の続きを楽しんでいるようにも見える。

長良川の岸辺で、タクシーを降りた。

「こんなところに、主人は、監禁されているんですか？」

と、京子が、きく。

十津川は、落ち着いた口調で、

「今回の事件は、すべて、円空に、繋がっています。その円空ですが、六十四歳の時、入定したと、いわれています。入定というのは、生きながら、仏になるということです。いい伝えによれば、円空は、この辺りで自ら断食して、死を迎えたと、いわれています。生きながら、仏になったんです。これもいい伝えですが、円空は、長良川の岸辺に、穴を掘らせ、節を抜いた竹を、通風筒として地上に出し、自らは、穴の中に入って、鉦を叩きながら念仏を唱え、断食して、亡くなったと、いわれています。その場所は弥勒寺の近く、長良川のほとりだといいますから、今でいえば、関市池尻です。おそらく、あなたのご主人も、円空が、そうしたように、長良川のほとりに穴を掘り、そこに入って、節を抜いた竹で息をしながら、念仏を唱えていると、思われます。前もって、こちらの警察に電話をして、援軍を頼みましたから、まもなく、その援軍が到着すると思います。大勢で探せば、簡単に、見つかるはずですよ。穴の中にいて、竹筒を地上に出して、それで息をしているのですから」

やがて、十津川がいった通り、県警のパトカーが、二台三台と到着し、刑事たちが、降りてきて、一斉に、周辺を探し始めた。

亀井は、十津川のそばに来て、小声で、

「本当に、鈴木明は、この近くに、穴を掘って、その中に、入っているんですか？」

「さっきから、鈴木夫妻がやっていることは、すべて芝居だといっているだろう。誘拐事件では、監禁場所として、穴を掘って、そこに、人質を閉じ込めておくというのは、例がある話だよ。きっと、鈴木夫妻も、そのストーリーを、まねているはずだ」

と、十津川が、自信たっぷりに、笑った。

二十分もすると、刑事の一人が、笛を吹いた。発見の合図である。

鈴木明を探していた全員が、一斉に、そこへ、集まっていく。

確かに、長良川の近くで、地面に、竹が突き出ている場所があった。

「この下に、人間が入っているから、慎重に掘り出してくれ」

十津川が、全員に、注意した。

スコップが用意され、その周辺を、慎重に掘っていった。

すぐ、穴が見つかった。

穴の中から、

「助けてくれ！」

という、男の叫び声が、聞こえた。

ぽっかりと、穴があいた。

そこに、泥まみれで、背広姿の、鈴木明が、膝を、抱えるようにして、しゃがんでいるのが発見された。

「あなた、もう大丈夫よ！」

京子が、大きな声で、叫ぶ。

穴の中で、

「俺、助かったんだな」

と、明が、いいながら、手を伸ばした。

県警の刑事が、その両腕を、取って、穴から引き上げた。

鈴木は、服についた泥を、はたきながら、十津川に、向かって、

「いったい、どうなっているんだか、教えてくださいよ」

と、きく。

「何も知らないのですか？」

「もちろんじゃないですか。何しろ、私はずっと、あの穴に、閉じ込められていたんですから」

「一週間近くも、あの穴に、閉じ込められていたにしては、お元気そうに見えますね。関の警察署へ行って、ゆっくりと、話しましょう」

と、十津川が、いった。

鈴木夫妻は、呆然（ぼうぜん）と、十津川を、見つめているだけだった。

5

警察署へ着くと、十津川は、亀井と二人、取調室で、鈴木夫妻と向かい合った。

「今、家内に聞いたのですが、私たちを誘拐、監禁した犯人たちを、裏であやつっていた小田天成という金持ちの収集家が、殺されてしまったそうですね」

鈴木が、いきなり、いった。

「その通りです。京都から賢島まで行く、近鉄特急の『伊勢志摩ライナー』の中で、何者かに、殺されました。毒殺です」

「そうですか、私が穴の中に閉じ込められている間に、そんな大変なことが、起こっていたんですか」

「そうなんですよ。ところで、奥さんの京子さんは、円空の絵は、見つからなかったといっていますが、あなたはどうですか？　本当に、見つからなかったんですか？」

「ええ。でも、犯人たちは、私たちが、円空の絵を見つけたと考えて、誘拐して監禁し、力ずくで、手に入れようとしていたんです。それで、えらい目に遭いました」

「おかしいですね」

十津川が、いった。

「何が、おかしいんですか？」

「私が聞いた話では、お二人は、円空の絵を発見し、それを、高額で、金持ちに売った。そういう話を、聞いているんですが、違いますか？」

「だから、今、いったように、犯人たちは、私たち夫婦が、円空の絵を発見したと思い込んで、それを、強奪しようとしていたんです。でも、本当は、見つかっていないんですから、奪うも何も、そんなことは、不可能なんですよ。犯人たちも、つまらないことを、したもんだと、思いますよ」

と、鈴木明が、いった。

「ちょっと失礼しますよ」

急に、鈴木夫妻に断わり、十津川は、取調室を出ると、廊下で携帯電話を、取り出して、西本刑事に連絡した。

五、六分して話が終わると、十津川は、取調室に戻って、

「部下に調べさせていたんですが、今、面白いことがわかりましたよ」

と、いった。

「何、ですか？」

急に不安そうな顔になって、鈴木明がきく。

「実は、お二人が、M銀行に持っている預金口座を、私の部下に調べさせたのです。そうしたら、お二人の口座に、今日の朝に、五億円という大金が、振り込まれていることが、わかったんですよ」

「ウソでしょう？　いったい、誰が、そんな大金を、私たちの口座に振り込むん

ですか？　そんなバカなことがあるわけがないじゃないですか？　何かの、間違いですよ」

「振込人の名義は、一応、木崎正子（きざきまさこ）となっていますが、これは、たぶん、本名じゃないでしょう。お二人には、誰が、五億円を振り込んできたのか、もちろん、わかっているはずですよね？」

「そんなこと、わかるはずがないじゃないですか。何のことだか、私には、見当もつきませんよ。それに第一、警察は、何の権利があって、私たちの銀行口座を、勝手に調べたんですか？」

「理由は一つです。われわれは今、殺人事件を、捜査しています。何とかして、真相が知りたい。それで、お二人の銀行口座を、調べさせてもらったんですよ。今回の殺人事件には、大金が、動いているに違いない。そう、思いましたからね」

「誰が、何のために、私たちに、五億円も、払うんですか？」

「もちろん、鈴木さん、あなたが、小田天成を、『伊勢志摩ライナー』の車内で、毒殺した、その報酬ですよ」

「ちょっと待ってください。私は、ずっと、犯人たちによって、さっき助け出された穴の中に、閉じ込められていたんですよ」

「いや。今回の一連の事件では、誘拐も、監禁もなかったんです。あったのは、二つの殺人です。小田天成殺しは、計画されたものでしたが、中年女性の殺しは、突発的なものでした」

「バカバカしい」

鈴木は、吐き捨てるようにいったが、十津川は、構わずに、話し続けた。

「あの日、小田天成は、京都発十時十五分の近鉄特急『伊勢志摩ライナー』に乗った。なぜなら、この特急は、終点の賢島に、十三時に着くからです。犯人たちは、午後一時に、賢島で待っているわけですからね。この列車には、もちろん、鈴木さんも、小田天成と一緒に乗っていました。二人とも、すべて、芝居で、誘拐も監禁も、実際には、なかったことを知っていたし、そうした芝居は、小田天成に、スムーズに、円空の絵を渡すためということになっていたので、小田天成は、すっかり、油断してしまっていたのです。それに、これから、賢島へ行けば、円空の絵が、手に入るといわれて、うきうきしていたはずです。鈴木さんは、相手の油断を見定め、列車が、京都を出るとすぐ、睡眠薬入りのビールを飲ませ、眠らせてしまった。この列車は、途中の松阪着が十二時〇一分です。鈴木さんは、松阪に着く直前、眠っている小田天成の口をこじあけて、青酸カリ入りのビールを流し込み、殺したんです。司法解剖の結果、小田天成の胃の中から、ビールと、青酸が、検出されています。なぜ、松阪かというと、近鉄特急『伊勢志摩ライナー』は、名古屋、京都、大阪の三カ所から出ていますが、三本とも、松阪手前の伊勢中川からは同じ線路になり、終点の賢島に向かうからです。列車の中で、小田天成を毒殺した鈴木さんは、少しでも、目立たないように、乗降客の多い、松阪で降り、今度は、上りの名古屋行きに乗ったのです。そうして、関に戻ると、人目につかない夜、長良川沿いに掘らせていた、穴にもぐり、誘拐、監禁芝居の続きを始めたんですよ。穴に入るため、仲間三人を、呼び寄せていたのとちがいますか。そして、今日の十二時に入る、犯人からの電話で、私たちを、ここまで、誘導することに、なっていたんじゃありませんか？」

「刑事さん、ちょっと、待ってくださいよ。何度でもいいますがね、円空の絵なんか、なかったんですよ。それなのに、犯人たちは、私たち夫妻が、円空の絵を見つけたと思って、いろいろと、やりましたけどね、それが見つかっていないんですから、そんな、五億円もの大金が動くはずがないじゃ、ありませんか？」

鈴木明が、必死の形相で、十津川に向かって、訴える。

その時、取調室のドアがノックされた。

十津川は、立ち上がって、部屋を出て、すぐ戻ってくると、鈴木夫妻に向かって、

「今、やっと、この令状が下りたと、東京から、私の部下の日下刑事が、持ってきてくれましたよ。これ、何だか、わかりますか？」

「わかりません」

「お二人に対する、逮捕令状ですよ。容疑は殺人です」

十津川は、逮捕令状を広げて、鈴木夫妻の目の前に、突きつけた。

鈴木は、さすがに、ビックリした顔になったが、

「冗談は、よしてくださいよ。私たちは、今回の事件については、最初から、最後まで、被害者なんですよ。第一、殺人容疑だなんて、私が、誰を殺したというんですか？」

「お二人は、最初に、自分たちの代わりに、伊勢志摩に、旅行させたカップルの、その女性のほうを殺しました。次に殺したのは、今、いったように、小田天成ですよ。小田天成は、以前から欲しかった円空の絵が、手に入るというので、喜び勇んで京都から、賢島行きの『伊勢志摩ライナー』に乗りました。鈴木さん、あなたと一緒にですよ。鈴木さんは、最初から、円空の絵を、小田天成に渡すと約束をしていましたからね。くり返しますが、小田天成は、すっかり安心しきっていて、あなたの勧めた睡眠薬入りのビールを飲んで、たちまち寝こんでしまったんです。そのあと、あなたは、眠っている小田天成の口に、青酸カリ入りのビールを流し込んだのでしょう。あなたは、松阪で降り、松阪からは、名古屋行きの、近鉄に乗ったんです。名古屋から関に着くと、さっき発見された、あの穴の中に入って、じっと、事件の結末が、やってくるのを、待っていたんですよ。どうですか、そうじゃありませんか？」

十津川は、いい、まっすぐ、鈴木明の顔を見つめた。

「どうして、そんなウソっぱちを、くり返すんですか」

と、鈴木明が、吐き捨てるようにいい、妻の京子も、

「十津川警部さんも、そちらの、亀井刑事さんも、もう少し、真面目に、犯人を、捕まえることを、考えてくれませんか？」

「犯人って、誰ですか？」

「決まってるじゃないですか。私たち夫婦を、誘拐して、監禁した犯人ですよ。それに、小田天成という人を毒殺した犯人もね。私たちの代わりに、伊勢志摩に行った、中年のカップルの女性を、殺した犯人もいます。とにかく、一刻も早く捕まえないと、海外へ、逃亡してしまいますよ」

「その心配は、ありません。今回の事件は、すべて、あなた方お二人と、小田天成が、一緒に考えて計画を作り、実行した芝居なんですからね。つまり、誘拐事件も、監禁事件も、初めからなかったんです。あったのは、犯人役の四人の中の女性が殺されたこと。ここに来て、あなた方から円空の絵を買いたいといった小田天成が、『伊勢志摩ライナー』の中で殺されたこと。この二つの事件は、芝居ではなく、間違いなく、現実に起きた事件です」

「刑事さんが、今回の事件が全部、私たちが、小田天成と一緒に考えた、芝居だというのなら、その証拠を見せてくれませんか？　証拠ですよ、証拠」

鈴木が、怒鳴るように、いい、京子も続けて、甲高い声で、

「警察が、そんな、いい加減なウソをついていいんですか？　被害者の私たちを、犯人扱いしてもいいんですか？」

「そうですね。確かに、今のところ、証拠らしい証拠は、何も、ありませんけどね。ただ、お二人に、五億円を、振り込んだ人間を知っているんですよ。ここへ来る途中で、私は、部下の刑事に、その確証を、つかんでこいと、いっておきましたから、まもなく、連絡が、あるはずです」

十津川は、悠然と構えていた。

十五、六分すると、十津川の携帯が、鳴った。

相手は、三田村刑事だった。

「警部のいわれた近藤房枝さんに、今、会ってきましたよ。最初は、自分は、まったく関係がない話だ。何もいいたくないと、いっていましたが、最後には、こちらのいうことを、全部認めてくれましたよ。鈴木夫妻の口座に、朝一番で、五億円の金を振り込んだ。それは、夫の敵である、小田天成を、鈴木さんが殺してくれた、そのお礼としての五億円だと、近藤房枝さんは、はっきりと、認めまし

たよ。それから、鈴木さん夫婦から頼まれたこともあるので、今回の敵討ちに力を尽くしてくれた四人にも、計画実行前に、一千万円ずつ渡した。近藤房枝さんは、そう話してくれました」

十津川が電話を切り、部下からの報告をしゃべっている間に、少しずつ、鈴木夫妻の顔が、青ざめていった。

「どうやら、これで、すべてが、はっきりしました。お二人の口座に五億円という大金を振り込んだのは、近藤房枝さんという女性でした。もちろん、ご存じですよね？」

十津川が、鈴木にきいたが、鈴木は、何も答えない。

しかし、十津川は、続けて、

「近藤房枝さんは、近藤康友さんの、奥さんですよ。以前、一枚の日本画をめぐって激しい争奪戦が、ありました。問題の小田天成と、もう一人、美術品の収集家としては王様（キング）といわれていた、近藤康友という人が、争ったんです。小田天成は、何としてでも、その日本画が、欲しくなって、近藤康友が、女性秘書と、乗っていた旅客機を、誰かに細工させて、墜落させたんです。おかげで、二百人を超す人々が、亡くなってしまいました。そんな恐ろしいことまでして、小田天成は、欲しいものを、手に入れたんです。この飛行機事故は、原因は整備不良ということに、なって、その細工を実行した犯人が、いたなんてことは、報道されませんでした。しかし、近藤康友の妻、近藤房枝さんは、小田天成が、恐ろしいことをやったと、見抜いていて、いつか、夫の敵を討ちたいと思っていたんですよ。そこに、円空の絵を発見した、お二人が現われたんです。その絵を、買い取ろうとしているのは、夫の敵の小田天成ではないか。そこで、近藤房枝さんは、報酬に、大金を約束して、お二人を、買収したんです。犯人役の四人と、あなた方二人を使って、一芝居を、打ったんですよ。そうやって芝居を続け、すっかり、油断してしまった小田天成を、鈴木さん、あなたが『伊勢志摩ライナー』の中で、青酸カリを使って殺したんですよ」

6

「十津川さんに、お願いがある」

鈴木が、諦めきった表情で、いった。

「何ですか?」

「こうなれば、潔(いさぎよ)く、話しますよ。小田天成を『伊勢志摩ライナー』の中で、毒殺したのも、私たちの代わりに犯人の役を引き受けてくれたカップルの女性のほうを、殺したのも、この私ですよ。間違いありません。しかし、家内は、無関係です。警察が、そのことをわかってくれるのなら、すべて、話しますよ」

「わかりました」

十津川が、頷いた。

「今回の一連の事件は、鈴木明さん、あなたが計画して、実行したもので、妻の京子さんは、あなたに、引きずられて、仕方なく、共犯になった。しかし、殺人に関しては、まったく関係していない。こう理解しますが、これでいいですか?」

「それで結構です。殺人について、家内の罪は、問わないということを、きちんと、約束してくれますね?」

「もちろん、約束しますよ」

それで、鈴木明が、話し始めた。

「私と家内とは、もともと、円空が好きだったんですよ。会社の休みを、利用しては、円空の彫った仏像を、見るために、二人で各地を歩きまわりました。そうしている間に、志摩半島の、薬師堂と漁業協同組合で、円空の絵を、見たんですよ。簡単なデッサンでしたが、もし、もっと、精密に描かれた円空の絵があったら、それこそ、歴史的な価値もあるから、かなりの高値で売れるんじゃないかと、思いましたね。家内と二人で、その後は、円空の絵を求めて、探し歩いたんです」

「そうして、問題の円空の絵を、見つけたんですね？」

「ええ、見つけました。あの時は、私も家内も、興奮しましたね。ところが、どうやって知ったのか、円空の絵を、探しているという小田天成が、私に連絡をしてきました。調べてみると、この小田天成というのは、古美術の世界では、ひじょうに、有名な怖い収集家だとわかりました。小田天成は、とにかく円空の絵を買いたいと、いってきたんです。ところが、その金額を聞いて、愕然（がくぜん）としました。五百万ですよ、五百万」

「それで、どうしたんですか？」

「迷いました。苦労して見つけた円空の絵が、五百万ですからね。それに、絵は、岐阜のS寺の所有で、私は、三百万円で、譲ってもらいました。五百万、小田天成にもらっても、三百万S寺に払ったら、残るのは、二百万だけになります。それで、断わろうとも思ったんですが、何しろ、相手は、怖い男で、下手をすれば、殺されかねない。迷っていたら、ある日、近藤さんという女性から、電話が、入ったんです。刑事さんのいった近藤房枝さんです。小田天成もそうでしたが、近藤さんも、どうして、私のことを知ったのか、不思議でしたが、蛇の道は蛇なんでしょうか」

「近藤さんに、会ったんですね？」

「ええ。会って、亡くなったご主人のことを聞きました」

「それで？」

「強い義憤を覚えました」

「近藤房枝さんから、何を、頼まれたんですか？」

「近藤さんは、何とかして、夫の敵を取りたいので、協力してくれと、いわれました。その代わり、私たち夫婦に、五億円差しあげると、いわれました。他に、お金が、必要なら、いくらでも出すとも、いうんです。最後には、近藤さんは、私に、向かって、手をついて、力を貸してくださいと、頭を下げるんですよ」

「それで、近藤房枝さんを、助けることにしたんですね？」

「そうです。近藤さんに、同情したこともあるし、五億円という金額に、気持ちが動いたこともあります」

「しかし、あなたという人は、あまり、金銭的な欲望はないように、見えていましたが」

「ええ。私自身、今の生活に満足していたんです。家内とは、うまく、いっているし、定年延長も決まったし、会社の経営状況も、順調でしたからね。ところが、最近、世界的な不況のため、うちの会社も、苦しくなってきて、リストラの噂まで、流れるようになってきたんです。とたんに、今まで、しっかりしていると思っていた足元が、急に、ぐらぐらし始めたんです。そうなると、五億円が、無性に、欲しくなりましてね」

「それで、近藤房枝さんに、協力することにしたんですね」

「近藤さんと、いかにして、小田天成を欺すかと、必死に考えました。考えついたのが、誘拐、監禁の芝居です。その芝居に、小田天成を、巻き込めれば、彼を欺すことができる。その芝居が、小田さん、あなたが円空の絵を手に入れるためには必要だといって、信じ込ますことができたら、成功だと思っていました。上手くいくか、不安でしたが、小田天成は、簡単に、私の話を信じてしまったんです。たぶん、私が、平凡で、小心なサラリーマンだから、まさか、大物の自分を、欺すことなんか、あり得ないと、思っていたんでしょうね。芝居を、実行するに当たって、ひょっとしたら、私の自宅が、警察に、調べられるかもしれないと考え、念には念を入れて、円空仏も、物置の奥に、しまっておいたんです。そこまでは、調べられないだろうと思って」

「その芝居については、すでに、何回も話したので、これ以上、話す必要は、ありません。それより、あなたが、『伊勢志摩ライナー』の中で、小田天成を毒殺したときのことを、詳しく話してください」

と、十津川は、いった。

「あの日、十津川さんのいったように、京都発十時十五分の近鉄特急『伊勢志摩ライナー』に、小田天成と、一緒に乗りました。あの日、円空の絵が、手に入ると、いっておいたので、小田は、ニコニコしていました。私に対する警戒心など、みじんも見えませんでしたね。私みたいな、小心者のサラリーマンなど、彼から見て、警戒に値するような人間には、見えなかったんだと思います。私は、間もなく、円空の絵が、その絵にふさわしい持ち主のものになることに、乾杯しましょうと、いって、用意した睡眠薬入りのビールを勧めました。私のお世辞が、気に入ったんでしょうね、喜んで飲んで、眠ってしまいました。そのあと、列車が、松阪に着く直前、眠り込んでいる小田の口を開け、むりやり、青酸カリ入りのビールを流し込んで、殺したんです。そのあと、私は、松阪で降り、今度は、名古屋行きの上りの近鉄に、乗りました。そのあとは、十津川さんが、いわれたように、長良川沿いに、掘っておいた穴に、埋めてもらい、芝居の続きをしたんです」

7

鈴木明の自供が終わると、十津川が、

「ところで、お二人が、発見した円空の絵は、今、どこにあるんですか？」

と、きいた。

「私たちの口座に、約束の五億円が、振り込まれたのを確認したら、近藤房枝さん宛てに、送られるように、業者に手配してありました」

京子が、答えた。

その日、鈴木夫妻は、関警察署の、留置場で夜を明かし、翌日、東京へ、護送されることになった。

「私たちも、円空の絵を、見てみたいものですね」

と、亀井が、いう。

「同感だね。私も、一目だけでも見たいと思っている」

十津川が、いった。

参考文献

『円空の芸術』　棚橋一晃著　写真・栗原哲男　東海大学出版会
『円空巡礼』　後藤英夫・長谷川公茂・三山進著　新潮社
『歓喜する円空』　梅原猛著　新潮社

解説

縄田一男

本書『近鉄特急　伊勢志摩ライナーの罠』は、平成二十年二月から八月まで「小説NON」に連載され、同二十年九月、ノンノベルから刊行されたお馴染み、十津川警部と亀井刑事が活躍するトラベルミステリーの秀作である。

その初刊本には次のような〈著者のことば〉が記されている。

毎年、日本各地に取材に行くと、思わぬ事件、事故にぶつかることがある。伊勢志摩の取材の時も、赤福事件が起きた。

あの時は、赤福が、悪者扱いされたが、丁度、伊勢に行っていた私の眼から見ると、赤福は、とても悪者には見えなかった。今、観光客で賑わう、「おかげ横町」は、赤福が建てたもので、赤福が復活すると、みんなが祝福した。こんなことは、現地に行かないとわからないから、誰が善者で、誰が悪者かも、簡単にはわからない世の中である。

ここで記されている、〝赤福事件〟とは、平成十九年、創業三百年の赤福が、冷凍保存していた製品の製造年月日を偽装していたこと、さらには売れ残りの商品を再利用していたことが明るみに出たそれを指し、三重県により十月十九日より無期限の営業停止が命じられ、本書の初刊本が刊行された同二十年一月三十日、解除されたが経営問題に発展したことをいう。

さらに、ここからは物語のネタを割るかもしれないので、解説から先に読まれている方は、是非とも本文に移っていただきたいのだが、この〈著者のことば〉の中に、大胆にも本書の謎を解く、手がかりが示されているのである。

作品の発端は、来たるべき老人社会を見据えて刊行された雑誌「マイライフ」の編集長・有田が、六十歳を迎える一組の夫婦――その条件は、夫も妻も平凡な人生を送ってきたこと、驚くような資産家でもないし、かといって貧しくもない、良くも悪くも特別な経験をしていない、もちろん犯罪歴もなく、子供にも恵まれ、彼、もしくは彼らは、すでに結婚し、自分たちは、現在、還暦を迎え夫婦二人だけで生活している平均的存在ということである。

そして最近の六十歳だから還暦を迎えても、依然として働き続けたいと望んでいるかもしれない。有田はそんな夫婦を募集することにして、やっと一組の夫婦を見つけ出した。それが鈴木明・京子夫婦で、二人は職場結婚。鈴木明が現在働いているAK実業は、今流行りのレンタルを業務とする会社で、老人社会を迎えるにあたって、定年を六十歳から七十歳まで引き上げることにしている。

夫婦の趣味は旅行であり、有田は、夫婦のお伊勢参りに、二人の編集者、楠本弘志と、味岡みゆきを同行・取材させることにした。旅行のスケジュールは、三月一日、東京駅午前八時二十分発の「のぞみ一〇九号」で名古屋まで行き、名古屋からは、近鉄特急の賢島行き「伊勢志摩ライナー」に乗ることになっている。

しかし、同行・取材といっても、還暦を迎える夫妻が、日本の旅行の原点といえるお伊勢参りを楽しんでいる、そんな自然な姿をカメラに収めるため、二人には気づかれず同行してもらい、写真を撮ってきてもらいたいというものだった。

しかし、旅行の当日、二人が見守る中、鈴木夫妻は、新幹線乗り場にも現われず、「伊勢志摩ライナー」にも乗り込んでこない。それどころか、二つの列車の鈴木夫妻が乗るはずの席には、まったくの別人が座っているではないか。それだけではない。この不審な男女は、鈴木夫妻が泊るはずの宿に、鈴木の名をかたって泊っているではないか。

一体、何が起こっているのか。そして本物の鈴木夫妻はどこへ行ったのか。旅行の全行程が終わっても鈴木夫妻は姿を消したままで、夫婦の子供たちから捜索願いが提出されることに。その頃、偽の鈴木夫妻のうちの女が、隅田川で他殺死体となって見つかるという事件が起こる。捜査に当たった十津川、亀井のコンビは、鈴木夫妻にまつわる不思議な失踪のあらましを聞き、夫妻の家を調べてみると、事件と関わりのあるようなものは発見されず、物置から、慎重に梱包された円空（えんくう）の仏像三体が見つかった。

万策尽きた十津川は、亀井とともに鈴木夫妻、そして偽の鈴木夫妻の伊勢志摩行を追体験すべく旅に出る。そして十津川はいう——「この平凡な（鈴木）夫婦が、他人と違うことを、やっていたとなれば、この円空のことしかあり得ないと、私は思っている」と。

作中でも触れられているが、円空は、江戸時代前期の修験僧、仏師、歌人。各地に円空仏と呼ばれる独特の作風を持った木彫りの仏像を残したことで知られる。

円空は、生涯に十二万体の仏像を残したとされており、現在までに五千三百体以上の仏像が発見されている。仏像は全国に存在し、北は北海道から南は三重、奈良にまで及んでいる。

ちなみに、一九八八年、ＮＨＫは単発ドラマとして「円空」を放送しており、脚本は早坂暁、円空は独特の存在感を示す丹波哲郎、円空に魅せられ、彼を追いかける女性に倍賞美津子、松尾芭蕉に中村嘉葎雄。ＮＨＫによれば、ホームレスを襲撃する子供や凶悪なイジメが続けられる現代に対して、生涯に十二万体の微笑仏を残した円空を描くことによって、己れにきびしく、他人にやさしい精神の大切さを伝える、とある。

そして再び話を物語に戻すと、遂に鈴木京子は、自力で監禁場所から脱出し、明は救出されることになる。そして、彼らを監禁した犯人たちが求めたものは、円空の仏像でも和歌でもなく、まったく別のものであったことが分かる。

ここにきて、欲しいものを手に入れるためには、相手を旅客機ごと撃破しかねない狂気のコレクター・小田天成が登場、事件はますます錯綜を深めるかに見えるが、その天成が「伊勢志摩ライナー」の中で毒殺される。

が、最終章となる「第七章 逆転」において、十津川が亀井に「カメさんには信じられないかもしれないが、私の結論は、たった一つなんだ。今回の事件は、殺人を除けば、すべてがウソだということだよ」といったとき、急転直下、事件は解決することになる。そしてこの十津川の台詞(せりふ)を、前述の〈著者のことば〉の「誰が善者で、誰が悪者かも、簡単にはわからない世の中である」に結びつけたとき、読者は、作者の深謀遠慮に驚かざるを得ないであろう。正しくこのことばには、本書の謎を解く手がかりが示されていたのである。

ベテランの筆の勝利を思うべきであろう。

二〇二一年一月

この作品は２００８年９月祥伝社より刊行されました。
なお、本作品はフィクションであり実在の個人・団体などとは一切関係がありません。

徳間文庫

近鉄特急伊勢志摩ライナーの罠

2021年2月15日 初刷

著者 西村京太郎

発行者 小宮英行

発行所 株式会社徳間書店

東京都品川区上大崎三−一−一 〒141−8202
目黒セントラルスクエア

電話 編集〇三(五四〇三)四三四九
販売〇四九(二九三)五五二一

振替 〇〇一四〇−〇−四四三九二

印刷 大日本印刷株式会社
製本

ISBN978-4-19-894630-2

十津川警部、湯河原に事件です

Nishimura Kyotaro Museum
西村京太郎記念館

■1階　茶房にしむら
サイン入りカップをお持ち帰りできる京太郎コーヒーや、ケーキ、軽食がございます。
■2階　展示ルーム
見る、聞く、感じるミステリー劇場。小説を飛び出した三次元の最新作で、西村京太郎の新たな魅力を徹底解明!!

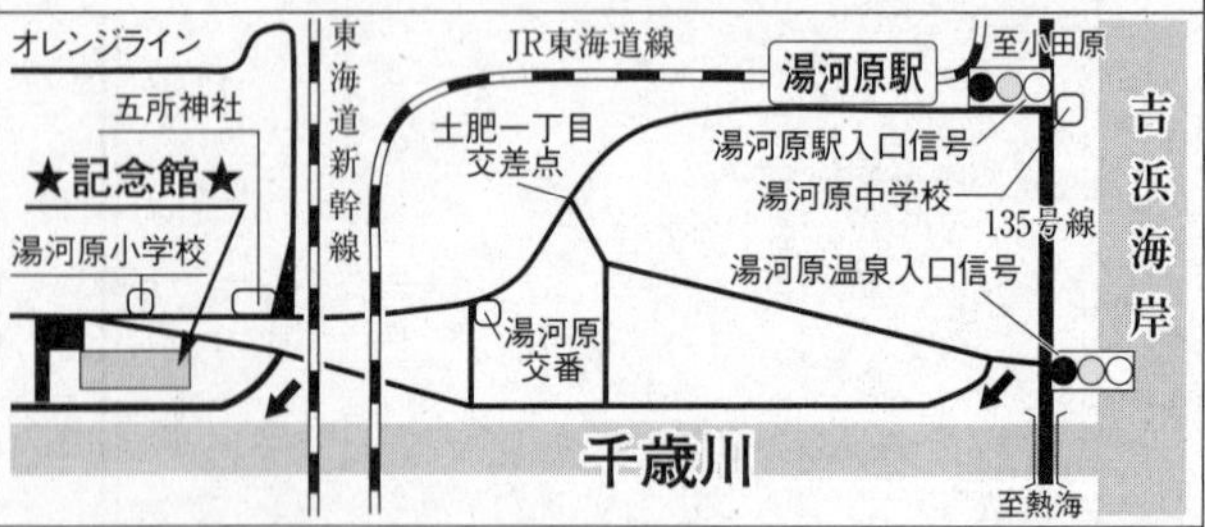

■交通のご案内
◎国道135号線の湯河原温泉入口信号を曲がり千歳川沿いを走って頂き、途中の新幹線の線路下もくぐり抜けて、ひたすら川沿いを走って頂くと右側に記念館が見えます
◎湯河原駅よりタクシーではワンメーターです
◎湯河原駅改札口すぐ前のバスに乗り［湯河原小学校前］で下車し、川沿いの道路に出たら川を下るように歩いて頂くと記念館が見えます
●入館料／840円（大人・飲物付）・310円（中高大学生）・100円（小学生）
●開館時間／AM9：00～PM4：00（見学はPM4：30迄）
●休館日／毎週水曜日・木曜日（休日となるときはその翌日）
〒259-0314 神奈川県湯河原町宮上42-29
TEL：0465-63-1599　FAX：0465-63-1602